文春文庫

若い読者のための短編小説案内

村上春樹

文藝春秋

目次

僕にとっての短編小説――文庫本のための序文 7
まずはじめに 29
吉行淳之介「水の畔り」 41
小島信夫「馬」 65
安岡章太郎「ガラスの靴」 97

庄野潤三「静物」 123
丸谷才一「樹影譚」 151
長谷川四郎「阿久正の話」 179
あとがき 218
付録 読書の手引き 223

僕にとっての短編小説——文庫本のための序文

どんな経緯と目的でこのような本を書くことになったかという事情については、このあとに続く「まずはじめに」の中である程度詳しく書きました。だからこの「文庫本のための序文」では、作家である僕自身と、短編小説との関わり方について少しばかり語ってみたいと思います。

僕は自分自身を、基本的には長編小説作家であると見なしています。僕は数年に一冊のペースで長編小説を書き（更に細かく分ければ、そこには長めの長編と、短めの長編の二種類があるわけですが）、ときどきまとめて短編小説を書き、小説を書いていないときにはエッセイや雑文や旅行記のようなものを書き、その合間に英語の小説の翻訳をやっています。考えてみれば（あらためてそういう風に考えることはあまりないのですが）守備範囲は広い方かもしれません。ジャンルによって文章の書き方も少しずつ変わってきますし、長編・短編・エッセイ・翻訳、どの仕事をするのもそれぞれに好きです。要するに早い話、どんなかたちでもいいから、文章を書くという作業に携わっていることが、僕は好きなのです。またそのときどきの気持ちに応じて、いろんなスタイルで文章を書き分けられるというのはとても楽しいことだし、精神バランスの見地から見ても、有益なことだと思っています。それは身体のいろんな部分の筋肉をまんべんなく動かすのに似ています。

しかしもし誰かに（たとえば神様に）、何かひとつのジャンルだけを選んで、あとは捨てなさいと命じられたとしたら、僕は迷うことなく長編小説を選ぶと思います。そしてそれを選択したことを、たぶん後悔はしないと思います。長編小説というのは、僕にとってそれくらい重要な意味を持つものです。なぜなら、僕は長編小説という容れ物にもっともぴったり自分を収めることができると、かなり切実に感じているからです。長編小説というかたちで、もっとも自分を有効にありありと表現できると確信しているからです。

もちろん読者の中には、「いや、村上さんの書くものの中では短編小説がいちばん好きです」という人もいらっしゃいますし、「村上の小説は苦手だけど、エッセイは好きだ」という人もおられます。それはそれでもちろんありがたいのですが（お前の書いたものはどれもみんな同じくらい嫌いだ、と言われるよりはずっといいですよね）、でも僕自身としては、小説家になって以来二十五年間、長編小説という形体にもっとも強く心を惹かれ続けてきたし、また実際にもっとも多くの労力と時間を長編小説の執筆に投入してきたのだ、ということになります。生意気な言い方かもしれませんが、僕より上手な優れた長編小説を書く作家はもちろんいるけれど、僕が書くような長編小説を書ける作家はほかに一人としていないはずだ、という自負のようなものもあります。自分の書く長編小説に、ささやかではあるけれど自分だけのシグネチャー（署名）を残すことができるのだ、という自負です。もちろん僕が書いた長編小説は好まれたり好まれなかったりするし、評価されたりされなかったりもします。しかしそれとはべつに、長編小説というのは、作家としての僕が一生を通して真剣に追求しなくてはならない分野であると、僕自身は感じているわけです。

しかし現実問題として、長編小説を一冊書き上げるにはずいぶん長い時間がかかりますし、多大のエネルギーが必要とされます。それなりの準備も必要だし、覚悟も必要です。いつもいつも書けるというものではありません。一冊長編小説を書き上げると、心身共にへとへとになってしまいます。長編小説を書いている期間はけっこう神経質になりますし、家族やまわりの人々に迷惑をかけることになるかもしれません。だからだいたい三年に長編を一冊書くことが、僕としては精一杯なのです。

それに比べると、短編小説を書くことは多くの場合、純粋な個人的楽しみに近いものです。とくに準備もいらないし、覚悟みたいな大げさなものも不要です。アイデアひとつ、風景ひとつ、あるいは台詞の一行が頭に浮かぶと、それを抱えて机の前に座り、物語を書き始めます。プロットも構成も、とくに必要ありません。頭の中にあるひとつの断片からどんな物語が立ち上がっていくのか、その成り行きを眺め、それをそのまま文章に移し替えていけばいいわけです。もちろん「短編小説なんて簡単に書けるんだ」と言っているわけではありません。ひとつの物語を立ち上げていって、それを完成させるというのは、精神的にも身体的にも、けっこうしんどいことです。フィクションを書くというのは、なんといっても無から有を創り出す作業なわけですから、片手間にひょいひょいとできることではありません。ときには呼吸することを忘れてしまうくらいの――実際に忘れることはたぶんないでしょうが――鋭い集中力が、そしてもちろん豊かなイマジネーションが、要求される作業ではあります。

しかし短編小説の場合、すべては数日間のうちに終わってしまいます。数日かければ、ひとつの物語はできあがります。もちろんそれに手を入れて、作品として完成させるのに、数ヶ月を要する場合もありますが、作品自体を「えいやっ！」とまとめるには数日あればじゅうぶんです。集中力は必要とされますが、持続力までは要求されません。スコット・フィッツジェラルドは短編小説の名手として知られていますが、彼は「短編小説なんて一日あれば書ける」という意味のことを言っています。彼は実際にパーティーから夜中に戻ってきて、部屋でさらさらと短編小説を書き上げて、また明くる日にパーティーに出かけてというような生活を送ったりもしていました。それだけで生活していたわけです。すごいですね。僕はとてもそこまではできませんが、でも数日あればなんとかできあがります。これは便利といえば便利なことです。あとさきは考えずに、数日間だけ気持ちを思い切りそこに集中すればいいわけですから。陸上競技でいえば、短距離、スプリントの世界です。フィッツジェラルド自身はもっと意欲的な長編小説を書きたかったのですが、生活のためにお金になる短編小説をさらさらと書きまくり、そこから数多くの名品が生まれました。

同じく短編小説の名手として知られるレイモンド・カーヴァーも、短編の枠組み自体は一息でさっと書いてしまうと言っています。朝に書き始めたら、夕方までには書き終えるようにするんだと。彼はそのあとの書き直しに徹底的に時間をかける人として知られていますが、物語の立ち上げそのものはできるだけ短い時間で終えてしまったほうがいいと語っています。この人も、ひとつの文章や、ひとつの風景から、物語を起こしていきます。たとえば、

「電話のベルが鳴ったとき、彼は掃除機をかけているところだった」

という文章から、彼はひとつの物語を開始します。彼がこの物語を書き始めたとき、彼の頭の中にはこの文章ひとつしかなかったということです。しかし彼の中には、この一行から物語がうまく始まっていくという確信のようなものがあったわけです。手応えがあった。だから机の前に座って、その一行をまず原稿用紙の冒頭に書き、そこから物

語を展開させていきます。僕にもその感覚はよくわかります。ひとつのフラグメントの中に「何か大事なものが込められている」という感覚を、ときとして我々は持ちます。独特の重みを含んだ感覚です。そしてその「重み」があれば、そこから物語はほとんど自然に、自発的に展開していくのです。

実を言うと、僕にも同じようなことがありました。僕は、

「その女から電話がかかってきたとき、僕は台所に立ってスパゲティーをゆでているところだった」

という一行から短編小説を書き始めたことがあります（カーヴァーの前記の文章に似ていますが、それはあくまで偶然の一致です）。それ以外に僕の中にはとくに何のアイデアもありませんでした。ただの一行の文章です。一人でお昼にスパゲティーを茹でているときに電話のベルが鳴る、というイメージが頭にふと浮かびます。それは誰からの電話だろう？　彼は茹でかけのスパゲティーをどうするのだろう？　そういう疑問が生まれます。そういう疑問を招集して、ひとつの物語に換えていくわけです。それは『ねじまき鳥と火曜日の女たち』という短編小説になりました。４００字詰め原稿用紙にして八十枚くらいの作品です。電話をかけてきたのは謎の女で、名前は名乗りませんが、主人公のことをよく知っています。そしてエロチックなほのめかしをします。おかげでスパゲティーは結局茹ですぎになってしまいます。

その短編を書き上げて、雑誌に発表して、単行本に収録して、五年ばかり経過してから、僕はその短編『ねじまき鳥と火曜日の女たち』をもとにして長編小説を書き始めました。時間が経過するにつれ、その物語には、短編小説という容れ物には収まりきらない大きな可能性が潜んでいるのではないかと、強く感じるようになったからです。その可能性の重みを、僕はしっかりと両手に感じとることができました。そこには未知の大地に足を踏み入れていくときのような、わくわくした特別な感覚がありました。二年の歳月ののちに、それは『ねじまき鳥クロニクル』という作品として結実しました。二千枚近い枚数の、かなり長大なフィクションです。考えてみれば、「その女から電話がかかってきたとき、僕は台所に立ってスパゲティーをゆでているところだった」という一見なんでもない一行から、思いもかけずそのような大柄な作品が生まれることになったのです。

そのように僕は短編小説を、ひとつの実験の場として、あるいは可能性を試すための場として、使うことがあります。そこでいろんな新しいことや、ふと思いついたことを試してみて、それがうまく機能するか、発展性があるかどうかをたしかめてみるわけです。もし発展性があるとしたら、それは次の長編小説の出だしとして取り込まれたり、何らかのかたちで部分的に用いられたりすることになります。短編小説にはそういう役目がひとつあります。長編小説の始動モーターとしての役目を果たすわけです。僕はほかにも同じように、短編小説をもとにしていくつかの長編小説を書きました。『ノルウェイの森』は『螢』という短編小説を発展させて書きました。『世界の終りとハードボイルド・ワンダーランド』という長編小説は『街と、その不確かな壁』という百五十枚程度の作品が下敷きになっています。

もちろん短編小説に与えられているのは、そういう役目だけではありません。僕は長編小説にはうまく収まりきらない題材を、短編小説に使うことがよくあります。ある情景のスケッチ、断片的なエピソード、消え残っている記憶、ふとした会話、ある種の仮説のようなもの（たとえば激しい雨が二十日間も降り続けたら、僕らの生活はどんなことになるだろう？）、言葉遊び、そういうものを思いつくままに短い物語のかたちにしてみます。たとえば『トニー滝谷』という短編小説は、マウイ島の古着屋で買ったTシャツの胸に「トニー・タキタニ」という名前がプリントしてあったことから生まれました。「トニー・タキタニっていったいどんな人なのだろう？」と僕は想像し、それでこの作品を書き始めたわけです。「トニー・タキタニ」という言葉の響きひとつから、物語を作っていったわけです。

そのような様々な試みがあって、中にはうまくいったと思えるものもありますし、残念ながらあまりうまくいかなかったものもあります。しかし一般に「短編の名手」と呼ばれる作家だって、すべてがすべて傑作揃いというわけではありません。フィッツジェラルドだって、ヘミングウェイだって、カーヴァーだって、あるいはチェーホフだって、「本当に素晴らしい、見事だ」と思える作品は、おおまかにいって（個人差はありますが）十にひとつ、五にひとつくらいのものかもしれません。あとの作品は「かなり良い」とか「まずまず良い」とか「まあ悪くない」とかいったあたりに分類されることになります。英語で言えば"mixed bag"（不揃いな配合）です。しかし短編小説というのは基本的にそれでいいのではないかと、僕は考えます。極端な言い方をすれば、「失敗してこその短編小説」なのです。うまくいくものもあり、それほどうまくいかないものもあって、それでこそ短編小説の世界が成り立っているのだと僕は思います。何から何まで傑作を書くことなんて、どんな人間にもできません。波があって、それが上がったり下がったりします。そして波が高くなったときに、そのタイミングをつかまえて、いちばん上まで行くこと、おそらくそれが短編小説を書く優れた作家に求められることです。僕は短編小説を書くときには、いつもそんな風に考えています。

逆の言い方をすれば、作家は短編小説を書くときには、失敗を恐れてはならないということです。たとえ失敗をしても、その結果作品の完成度がそれほど高くなくなったとしても、それが前向きの失敗であれば、その失敗はおそらく先につながっていきます。次に高い波がやって来たときに、そのてっぺんにうまく乗ることができるように助けてくれるかもしれない。そんなことは長編小説ではなかなかできません。一年以上かけて行われる大事な作業ですから、「まあ今回これは失敗でもいいや」というわけにはいかないのです。その点短編小説だと、危険を恐れずに、ある程度まで自由に好きなことができます。それが短編小説のいちばんの利点であると思います。たとえば僕は長いあいだ三人称で長編小説を書くことがうまくできなかったのですが、短編小説で三人称を書く訓練をして、それに身体を馴らしていって、その結果かなり自然に違和感なく三人称を使って長いものが書けるようになりました。

ですから、僕は短編小説を書くときには、なるべくまとめて作品を書くようにしています。それもたくさん書けば書くほどいい。俳句や短歌の世界でもそうですが、ある期間に数をまとめて作っていけば、多くの場合その中に必ずひとつかふたつは手応えのある作品が生まれます。というか、ある程度数を作らなければすんなりと出てこない何かがそこにはあるわけです。それは「下手な鉄砲も……」というのではなく、ある程度数を作ることによって、自分の中に波のリズムを意識的に作り出していくということなのです。

僕にとって、そのいちばん顕著なケースが『神の子どもたちはみな踊る』という短編集でした。これは通常の短編集とは違って、神戸の震災を統一テーマにした連作短編集ですが、僕はここに収められた六本の作品を、二ヶ月ばかりのあいだにまとめて書きました。とにかく思いつくままに、スピードをつけてどんどん書いていったわけです。本になったとき、読者からはいろんな意見が寄せられました。これはどの短編集についても言えることですが、読者一人ひとり、それぞれに気に入った作品があり、それほど気に入らない作品があります。「私はこの本の中ではこの作品がいちばん好きだ」という立場がかなりはっきりしているわけです。読者の反応がそのように投票みたいなわかりやすいかたちをとって返ってくることも、僕にとっては短編集を書く楽しみのひとつなのです。

でも不思議なことに、何年かたってみると、その作品集のことを話題にするとき、人々は必ずといっていいくらい、『かえるくん、東京を救う』という作品について触れるのです。これはあまりぱっとしない中年の銀行員のアパートを、ある日巨大な蛙が訪れるという、かなり奇妙な筋の物語です。でもその作品はなぜか、人々の心を不思議に捉えてしまったみたいなのです。本を刊行したときには、とくにそういう印象もなかったのですが、時間が経つにつれて、『かえるくん、東京を救う』の存在意義が、この短編集の中で確実に重くなってきたようです。

僕にとってそれはやはり嬉しいことです。というのは、今の時点から見てみれば、その作品集にあっては、『かえるくん、東京を救う』がどうやらそのときの波のてっぺんに到達した、中心的な作品であるようだからです。ほかの作品は結果的に『かえるくん』を支えるようにして、あるいは取り巻くようにしてそこに存在している、ということになるかもしれません。そして短編小説集というのは、そういう風に成立すればいいものではないかと、僕は思うのです。野球チームと同じで、一番から九番まで長打狙いのバッターばかりでは、まともな試合はおそらくできません。バントのうまい選手がいたり、足の速い選手がいたり、流し打ちのうまい選手がいたりして、初めてそれはまとまった強いチームになるのです。

短編小説を書く面白さは、そういうところにあると思います。ひとつの場所を作って、用意して、アイデアなり情景なりにその中を自由に動き回らせてあげること。その自由さを作者自身も楽しむこと。それが短編小説を書く喜びであるわけです。そしてそのように書かれた作品は、自分で勝手にその落ち着き場所を見いだしていきます。落ち着くべきところに、結果的にうまく落ち着いてくれます。もっともいけないのは（もっともいけないと僕が考えるのは）、作者が「ひとつ巧い短編小説を書いてやろう」と、頭の中でまず物語を拵《こしら》えてしまうことです。そうすると、その短編小説は息苦しくなり、自然な落ち着き場所を失ってしまいます。

このようにして短編小説をいくつかまとめて書くと、僕の場合、必ずその次に長編小説が書きたくなる時期がやってきます。短編小説を書いているのは楽しいのですが、だんだんそれだけでは足りなくなってくるのです。もっともっと大きな物語に取り組んでみたいという思いが高まってきます。そういうエネルギーが、雨水がちょっとずつ桶に溜まるみたいに、身体に次第に蓄積されてくるわけです。そのエネルギーの溜まり具合から、「この感じだと、あと三ヶ月くらいで長編小説を書き始めることになるだろうな」というようなことも予測できます。それがどれくらいの厚さの本になるかということだって、だいたい見当がつきます。

そのように、短編小説は、長編小説を書くためのスプリングボードのような役割も果たしています。もし短編小説を書くことがなかったら、僕がこれまで書いてきた長編小説は、今あるものとはずいぶんかたちの違うものになっていたのではないかと思います。短編小説である種のものごとをうまく書ききってしまえるからこそ、僕はそのあとまっすぐ長編小説に飛び込んでいくことができるわけです。あるいはまた短編小説で書ききれないものごとが見えてくるからこそ、長編小説の世界に挑みたいという気持ちも高まってくるわけです。そういう意味あいにおいても、短編小説は僕にとってきわめて大事なものであるし、それはまたなにがあろうと、うまく自然に書かれなくてはならないわけです。

僕はこれまでにずいぶんたくさんの短編小説を書いてきました。前に述べたようにうまく書けたと思えるものもあれば、もうひとつだったかなと思うものもあります。印象に残っているものもあれば、あまり残っていないものもあります。個人的なことを言えば、いちばん印象に残っている短編小説は、『眠り』という作品です。これはまったく眠ることができなくなってしまった主婦の話です。

僕がこの作品を書いたのは、1980年代後半、ローマに暮らしているときでした。僕はそのとき一種の落ち込みの中にいて、半年ばかり何も書くことができなくなっていました。僕は前にも書いたように、文章を書くこと自体が根っから好きなので、「何も書けない」というようなことはまずありません。作家生活の中で、スランプみたいなものもほとんど体験したことがありません。しかしそのときだけはめずらしく何も書けなくなってしまった。というか、ものを書きたいという気持ちにまったくなれなかった。細かい理由は述べませんが、その時期いろいろとがっかりすることが続けて起こり、なにしろ気持ちが落ち込んでしまっていたわけです。

その半年ばかりはまとまったものは何も書かず、いろんなところをのんびり旅行して、旅行記のための簡単なメモだけを書きつけていました。しかし新しい春がやってきて、それでようやく気持ちも回復してきて、久しぶりに机に向かって書いたのがこの作品です。アパートメントの窓からローマの街の春の風景をぼんやりと眺めていて、そのうちにこの話がふと書きたくなったのです。眠ることができなくなった中年の女性の話。どうしてかはわからないけれど、まったく眠くない。眠らなくても特に不便もない。でも彼女は誰にもそのことを言わない。

「眠れなくなってもう十七日めになる」

それがこの小説の書き出しです。僕は机の前に座って、この一行を書きました。そしてほとんど一息でこの話を書き終えたあと、ふと気がつくと、僕は回復していました。落ち込みの時期はもう終了していました。逆に言えば、僕は自分を回復させるために、この作品を書いたようなものかもしれません。短編小説にはそのような具体的な効用もあります。誤解を恐れずに言ってしまうなら、あるときには物語を書くことによって、心の特定の部分を集中的に癒すことができます。精神的な筋肉のツボのようなところを、ぎゅっと効果的に押さえることができます。それは短く深い夢を見ることに似ています。短編小説を書いていると、そういうコンパクトな実感を持つことがしばしばあります。それは長編小説を書いているときにはあまり経験しない感覚です。長編小説というのは、もっと長いスパンでものごとを大がかりに体験する作業だからです。短編小説にはもっと「局地的」な効用のようなものがあるようです。


レイモンド・カーヴァーはいくつかの作品を、発表したあとで何度も書き直しました。決して真似をしているのではないのですが、僕もそれに似たことをやっています。『中国行きのスロウ・ボート』と『貧乏な叔母さんの話』は、僕がもっとも初期の段階に書いたふたつの短編小説です。僕自身は、そのふたつの作品の中には何かしら僕にとって大事なもの、善きものが含まれていると感じています。またそれらの中には、僕の当時の若々しさ（僕は三十歳を過ぎたばかりでした）のようなものが漂っていると思います。それらの作品を評価したり、愛好したりしてくれる読者もおられます。僕自身もどちらかといえば、その二編の作品のあり方を気に入っていると思います。

しかしそれと同時に僕は、それらはもっとうまく書かれるべきだったと感じてもきました。そこにはやはり生硬な部分、未完成な部分があると。だから「村上春樹全作品」という全集にその二作品を収めるときに、かなり大幅に手を入れることにしました。つまりこれらの作品にはオリジナルの版と、十数年後に書き直した「改編版」の二種類が並列して存在しているわけです。『めくらやなぎと眠る女』という短編作品にも二種類の版があります。この作品も僕は自分でわりに気に入っていたのですが、あとになって読み直したときに、「ちょっと長いな。もう少しすっきりと切り詰めた方がよくなるんじゃないか」と感じたので、短く書き直しました。このバージョンは『レキシントンの幽霊』という短編集に収められています。前述した『トニー滝谷』にも短い版（雑誌）と長い版（単行本）があります。

『野球場』『ハンティング・ナイフ』『我らの時代のフォークロア』の三作は、翻訳に際してかなり大きく手を入れました。翻訳者からそれらの作品を翻訳したいという希望が来たのですが、僕としては出来に今ひとつ不満があったので、良い機会だからと思って書き直しました。これらの「アップデート版」は日本語ではまだ出版されていませんが、いい機会があれば発表したいと考えています。

そのように短編小説には、時間をおいて手を入れる、書き直すという喜びもあります。長編小説を書き直すとなると、ものすごくエネルギーと手間が必要になりますし、一部を書き直すと全体のバランスが違ってくることもあるので、まずやりませんが、短編小説の場合は比較的簡単に書き直すことができます。もちろんすべての短編小説にそういうことが可能だというわけではありません。もはや書き直せないというものもありますし、書き直す必要を認めないというもの（完璧な出来だということではなく、あくまでその必要がないということです）もあります。でも「これは書き直した方が明らかによくなるな」というものもやはりあるわけです。短編の書き直しは、主として技術的な見地から行われます。しかし全体から見れば、「これは書き直したい」と思わせる作品はそれほど数多くはありません。「この作品は、技術的にはいくらか不備があるかもしれないが、下手にいじらず、このままそっと置いておいた方がいいだろう」と感じるものの方がずっと多いのです。そういう意味では、短編小説というのはきわめてデリケートな成り立ちのものなのです。一筆加えるだけで、過去の作品が生き返ったり、あるいは逆に勢いを失ったりもします。何がなんでも技術的にうまく書き直せばいいというもののではありません。

このように、様々な意味合いにおいて、短編小説は作家である僕にとって重要な学習の場であり、探求の場でもあり続けてきました。それは画家にとってのデッサンのようなものだと言えるかもしれません。正確で巧みなデッサンをする力がなければ、大きな油絵を描ききることはできません。僕は短編小説を書くことによって、またほかの作家の優れた短編小説を読むことによって、あるいは翻訳することによって、作家としての勉強をしてきました。

本書『若い読者のための短編小説案内』では、そのような僕なりの短編小説の読み方を文章のかたちにしてみました。もちろんこれは僕のきわめて個人的な読み方であり、すべての人々の読書の手助けになるというものではありません。僕は文芸評論家ではなく、ものを書く側の人間なので、どうしても「自分がものを書く」という見地から、フィクションを読んでしまうことになるからです。ひとつの作品をテキストそのものとして冷徹に客観的に読み込むというよりは、そのテキストを書くという作家の営為を意識の中心において読み進めていくことになります。

ですから往々にして、僕はその作品について自分なりの仮説を立ち上げて、その仮説をもとに推論を進めていくことになります。もちろん「これは仮説ですが」と前もって断ってありますが、とにかくそこでは僕は、その作家のはいていた靴に自分の足を入れていきます。そしてその作家の目で、そこにあるものを見てみようとしています。その仮説や推論はあるいは間違っているかもしれません。書いたご本人からすれば、「俺はそんなこと思ってねえよ」ということになるかもしれません。あるいは事実と異なっていることがあるかもしれません。しかし僕としては、それはそれでかまわないのではないかと思うのです。読書というのはもともとが偏見に満ちたものであり、偏見のない読書なんてものはたぶんどこにもないからです。逆な言い方をするなら、読者がその作品を読んで、そこにどのような仮説（偏見の柱）をありありと立ち上げていけるかということに、読書の喜びや醍醐味はあるのではないかと僕は考えるのです。

もちろん前にも言ったように、そこでは「これは仮説ですが」という前提が必要になります。しかしその前提さえきちんとしていれば（要するに勝手な推論を事実のように見せかけなければ、ということです）、僕らはまあ自由に想像の翼を広げることができるわけです。それを止めることは誰にもできません。もちろんプロの文芸評論家にはそんな勝手なことは許されないかもしれません。しかし普通の読者は、いうなれば草野球を楽しむみたいに、セオリーや事実検証とはある程度無縁に、好きな作品を自分の好きなように読んでいって、それでかまわないわけです。あらゆる研究資料を読まないことには、あるいはすべての周辺事実を知らないことにはその作品を本当に理解できない、なんてことになったら、読書の楽しみはいったいどこにあるのでしょう? そういう意味では、ここで僕がやっているのは、いわば草野球的な小説の読み方です。青空の下で、野っぱらの真ん中で、簡単なローカル・ルールだけを作って、あとはとにかく好きに楽しくやろうじゃないかと。

先にも述べたように、僕は自分で短編小説を書くときには、その物語の自発性を何よりも大事にします。その自然な流れを損なわないように、物語を拾い上げていきます。だからほかの作家の書いた短編小説を読むときにも、僕はそこに自由で自然な心の流れのようなものを読みとろうとします。そして結局のところ、それが優れた作品であれば、そこには必ずそのような自由で自然な心の流れが見いだせるのです。

そのような僕なりの短編小説の読み方を、読者のみなさんに少しでも「面白いじゃないか」と感じていただけたとしたら、それに勝る喜びはありません。

(2004年8月)

若い読者のための短編小説案内

まずはじめに

最初に申し上げておきたいのですが、僕は実を言うとこれまでの人生の大半にわたって、日本の小説のあまりよい読者ではありませんでした。十代のはじめから二十代、三十代にかけて、だいたいにおいて外国の小説を読む、それも多くの場合英語でそのままがりがり読むという体験を通して、日本語の文章の書き方を自分なりに確立してきた人間です。これは日本語で小説を書く日本人の小説家として、正統的な文章体験だとはとても言えないでしょうし（奇形的とまでは言わないにしても）、おかげでとりあえずの自己文体確立にいたるまでに、ある程度遠回りをせざるを得ませんでした。しかし良い悪い、正しい正しくないは別にして、何かの加減でそういう、ひととはちょっと違った道を僕は歩んでしまったわけです。そのあいだまったく日本の文学を読まなかったというわけでもなくて、ときにふれて——たとえばそうする必要に迫られたり、誰かに強く勧められたり、あるいはほかに読むものが手元にないようなおりに——手には取ったのですが、その数は僕の読んだ海外の小説に比べるときわめて少ないものでしたし、また選択も恣意的というか行きあたりばったりで、現代文学に関しても、古典に関しても、とても系統的な読書と呼べるような代物ではありませんでした。

なぜ僕が日本の小説に心惹かれなかったのかという原因、理由について細かく具体的に説明し始めるとかなり長くなるので、ここでは省略しますが、要するに基本的には、その当時の僕が日本の小説の文体や視点や主題の据え方にうまく馴染めないものを感じたということなのだろうと思っています。おそらく生理的に。別の言い方をすれば、僕がたまたま求めていたものを日本の文学はたまたま提供してはくれなかったということになるかもしれません。巡りあわせが悪かったんですね。とにかくそんなわけで、自己形成期を通じて僕は、日本の小説を読んで心を動かされたり、胸を打たれたりした経験を一度も持ちませんでした。また日本語の文章を書くための指標としての、つまり「ロールモデル」としての、特定の小説家を持たなかったわけですから、僕の中には「小説を書きたい、小説家になりたい」という発想はなかなか生まれてきませんでした。自分が小説を書きたがっているという事実にはっと気づいたのは、ずっとあとになってからでした。おそらく十代のころの僕は当時の日本の小説が語ろうとしているものとは、まったく別の方向を向いて、別のことを考えて生きていたのだろうと思います。

それでもある程度年をかさねるうちに、面白い優れた日本の文学にもいくつかめぐり会うことはできました。だから決して意固地になって「日本の小説なんか読むものか」

と考えていたのではありません。僕は僕なりに、日本の文学に対して——少なくともそのある部分に対して——敬意を抱くようになったとは思います。しかしある地点まできたときに（それは自分でものを書き始めたころだと思うのですが）、僕はふとこう思ったのです。「もうせっかくここまで来ちゃったんだから、いっそのことこのままずんずん先に行ってみようじゃないか」と。つまり意識的に日本の文学を自分から遠ざけておくことによって、自分の文章スタイル（そしてその先にある小説のスタイル）を徹底してオリジナルなものにしてみるのも面白いんじゃないかということですね。今ここにある自分の偏った読書傾向、教養体験をそのままのかたちで保持し、より深く追求していくことによって、その結果小説家としての自分がいったいどのような地点に行き着くのか、それが知りたかったということになります。一種の好奇心です。僕はそんな風にいろんな局面で、自分の精神や身体をひとつの実験室《ラボラトリ》として捉える傾向がどうもあるようです。それも長時間をかけてあるひとつの傾向習慣を、もう取り返しがつかなくなるくらいまで深く持続させることに、すごく関心があるらしい。それがはたして人間として健康的な性行であるのかどうか、僕にはわかりません。人間として健康的な性行なんてものがはたして存在するのかどうかさえ、僕にはわかりません。でもたとえ世界中の人々に非難されても首を傾げられても、僕にはそれ以外の生き方がなかなかできないのです。それにだいいち、僕がその賭金としてテーブルの上に積んでいるのは、僕自身の時間と労力と、人生の可能性なのですから、これはやっぱりあきらめてもらうしかあるまいと、僕としてはまあ思うのです。

でも四十歳を過ぎて少ししたころに、「そろそろ僕も日本の小説を系統的に、腰を据えて読み始めていいんじゃないか」と自然発生的に考えるようになりました。そのころには僕も小説家として五冊か六冊の長編小説を発表していましたし、自分なりの日本語の文章スタイルも――かなりのどたばたの末に――とりあえずは固まってきました。自信ができたというほどのことでもありませんが、「まあここまで来れば、少しくらいまとめて日本の小説を読んでも、それで僕の文体が大きく揺らいで、困ったなこれはどうしようか、というようなこともあるまい」と思ったわけですね。そしてまたおそらく、僕は僕なりに新しい種類の刺激を本能的に求めてもいたのでしょう。ここであらたに日本の小説を読んでいくことによって、僕も、僕の書く小説も、これまでは見えなかった新しい領域のようなものを見いだせるのではないか、あるいは少なくともこれまでとは違った可能性をみつけられるのではないだろうかと、そこで感じたのだと思います。長い個人的な文体上の実験がようやくここで一段落したのだ、という言い方もできるかもしれません。

それから僕が日本の小説に興味を持つようになったもうひとつの理由として、四十歳になる少し前から僕が日本を出て、外国に住みはじめたということがあります。外国に出るようになったそもそもの理由は、外部からのさまざまな雑音を遮断して、集中して長編小説が書きたかったということです。日本の文学をめぐる現実的な諸事情について、僕はあまり批判的なことを口にしたくありませんが、「今の日本の社会は、作家がゆっくりと時間をかけて、精神を集中して、ひとつの作品を熟成させるのには、構造的に向いていない」というのはおそらくだれの目にも明らかな事実でしょう。

それでとにかく、八〇年代後半から断続的に、僕は七年くらい日本を離れて暮らしていたわけです。そしてやはり外国に住んでいると、自分が日本人であるということをいやでも認識するようになる。日本にいるときには、自分が日本人であるという認識なりアイデンティフィケーションはほとんどの局面において不要なわけですが、外国に住むと否《いや》が応でもそれをつきつけられることになる。日本とは何か日本人とは何かという自己定義がないとうまく自分をやっていけなくなる。いくら俺は独立した個人なんだ、日本の文学とは関係なしに生きているんだと思っても、自分が日本人の作家で、日本語で小説を書いているという客観的事実に日々まざまざと直面しなくてはならないわけです。そしてまたそういう状況の中で、喉の渇いた人間がグラスの水を求めるように、自分がごく自然に日本の小説を読みたいと感じていることを、僕はありありと認識するようになったのです。だから日本に帰るたびに、熱心に日本の文学作品を買い込んでいくようになりました。

ただ、日本の小説ならなんでもいい、なんでもすんなりと受け入れられるようになった、というわけではもちろんありません。僕はいわゆる自然主義的な小説、あるいは私小説はほぼ駄目でした。太宰治も駄目、三島由紀夫も駄目でした。そういう小説には、どうしても身体がうまく入っていかないのです。サイズの合わない靴に足を突っ込んでいるような気持ちになってしまうのです。言うまでもないことですが、それは僕の個人的な嗜好の問題であって、それが作品の客観的評価につながるわけではまったくありません。人間と人間のつきあいと同じことですね。僕らはどれだけ心を開いても、そのへんの誰とでも簡単に友達になれるわけではないし、小説に関してもそれは同じことです。相性というものがあるし、また馴染むまでに時間がかかるものもあります。だから、ひょっとしたら十五年後には、僕は私小説にどっぷりと首までつかりきっているかもしれません。それはまあ誰にも予測がつかないことですけれど。

ただひとつわかっていただきたいのは、これは決していわゆる「日本回帰」とかそういうのではないということです。よく日本を離れて外国に住んだ人が、ある種の文化的なショックによって国粋的な色合いを深めて――あるいは日本の文化的異質性に自己をぴたりと同化させて――日本に戻ってくることがありますが、僕の場合はそれとはまったく違う。僕は状況によって変わったわけでもないし、変えられたわけでもない。僕はその異質性を異質性として、部分的には「自らのうちにあるもの」として公平に認めることはできるようになったけれど、それは長期的に見ればやはり意識的により強固に相対化していかなくてはならないものだとして捉えています。「日本人はやっぱりタタミと梅干だよ」というところには簡単に行きたくない。僕はあらたな生活の場に自然発生的に登場した「日本的なるもの」を、自分本来のものとして手に取り、注意深く観察し考察することによって、今ここにある自分の視点をより切実なものとして深めたかっただけなのです。そしてその視点は文学のみならず、広く社会文化全般に及ぶべきものでなくてはならないだろうというように感じているのです。

僕がこれまでの段階で、日本の小説の中でいちばん心を惹かれたのは、第二次世界大戦後に文壇に登場した、いわゆる「第三の新人」と呼ばれている一群の作家たちでした。具体的に名前をあげると、安岡章太郎、小島信夫、吉行淳之介、庄野潤三、遠藤周作、といった人々です。またそれに加えて、一般的な定義においてはそのグループには属さないけれど、その前後に登場した何人かの作家にも興味を持ちました。たとえば長谷川四郎、丸谷才一、吉田健一といった作家です。どうして僕がこのような人々の作品に個人的な興味を持つようになったのか、そして彼らの作品のあいだには何かしらの共通性のようなものがあるのだろうか？　僕は少しずつそういうことを考えるようになりました。もちろん「小説というのは面白いと思えばそれでいいんじゃないか。理屈なんかどうでもいいだろう」ということもできます。そして僕はどちらかというと、そういう考え方に諸手をあげて賛成する人間です。なにかと理屈をつけなくてはやっていけない人間よりは、理屈をつけなくても不自由しない人間の方が、人生はずっと楽だし、それでとくに不都合がないのなら、頭をひねってむずかしいことを考える必要なんて何もないはずだと考えています。また頭をひねらせずに、心をひねらせるのが本当に優れた小説であると常々信じています。

　でも一九九一年から九三年にかけてアメリカのプリンストン大学に、visiting lecturer という資格で招かれたときに、どうしても週に一コマだけ大学院の授業を持たなくてはならないことになりました。そう言われて「いったい日本文学に関して自分は何を教えればいいんだろう、何を教えられるのだろう？」とずいぶん悩んだのですが、考えてみれば（あるいはまったく考えるまでもなく）日本文学に関して僕に教えられることなんて何ひとつありません。それで結局「これは僕にとってもひとつの大きなチャンスだから、ものを上から教えるというのではなく、『第三の新人』の作品を、学生たちと一緒に系統的にじっくりと読みこんで、それについてみんなでディスカスしてみたらどうだろう」という結論に達しました。そうしているうちに僕自身、何かがはっきりと見えてくるのではないかと。しかしそうは言っても、かりにも大学でクラスを引きうけるわけですから、責任として自分の論点というものはやはりひとつ明確にしないわけにはいきません。

あえて断るまでもなく、僕は文学研究者でも評論家でもありません。ただの小説家です。自分に納得がいくものさえ書ければ、理由がついてもつかなくても、それでよしとする人種です。だから文学を専門的に説明するためのむずかしい言葉もろくに知りませんし、自慢ではありませんが文学理論にも「ほとんどまったく」と言っていいくらい通じておりません。でも小説家がどのようにして小説を書くかというシステムについては、ある程度身に沁みた知識があります。あるいは傲慢な言い方かもしれませんが、創作行為の中には、創作に関わったことのあるものにしかわからないという「秘訣」がいささかはあります。その多くはうまく言語化、理論化できない種類のものです。僕はそのような自分の中にある「創作本能」をたよりにひとつひとつのテキストを読み解き、それを位置づけていくことにしました。これがいわば僕にとっての横糸です。

それともうひとつ、僕はこれらの作家が小説を作り上げる上で、自分の自我（エゴ）と自己（セルフ）の関係をどのように位置づけてやってきたか、ということを中心的な論題に据えて、それを縦糸に作品を読んでいくことにしました。それはある意味では僕自身の創作上の大きな命題でもあったからですし、またその「自我表現」の問題こそが、僕を日本文学から長い間遠ざけていたいちばんの要因ではあるまいかと、薄々ではあるけれど以前から感じていたからです。

そのようなアプローチが方法としてうまく機能してくれたこともありますし、残念ながらそれほどうまく行かなかったこともあります。何しろ人にものを教えるなんてことは僕にとっては生まれて初めての体験で、全くのＡＢＣから自分でやり方を考えてやっていかなくてはならなかったからです。でも僕はそのような授業のプロセスを僕なりに楽しみましたし、そのために——あくまで学校の勉強が非常に苦手な僕にしてはということですが——しっかりと勉強もしました。アメリカの学生はどれだけ沢山の課題を与えても、みんなかなり真剣に勉強してきてくれます。場合によっては課題が少ないと文句をつけられるくらいでした。それは大変に嬉しいのだけれど、でもそれだけに僕自身ずいぶん勉強しなくてはならなかったわけです。正直言って、そのあいだは小説の仕事もちょっとひと休みしなくてはならないくらいでした。でも今にして思えば、それはなかなか得難い体験だったような気がします。僕はプリンストン大学のあとボストン近郊のタフツ大学に移り、そこでも同種のクラスを半年間持ちました（テキストはプリンストンのときとは少し違うものを選びましたが）。

ここでは、そのときにテキストとして取り上げた作品をいくつか、もう一度あらためて読み直してみたいと思います。繰り返すようですが、これは文学評論ではありません。またメッセージでもステートメントでもありません。どちらかというと「この作品をこ

う いう風に僕は面白く読んだんですよ」という、作家としての僕の、手前勝手な「私的な読書案内」みたいなものになるのではないかと思います。でもいずれにせよ、そんなに偉そうなものではありません。あまり何かの役に立つともいえないでしょう。場合によってはみなさんは「そんなこといちいち言われなくてもわかっているよ」とか「それはちょっと偏った特殊な意見じゃないか」というようなことをお感じになるかもしれません。作品の選び方にも異論はあるかもしれません。もしそうお感じになったとしたら、申し訳なく思います。ただ自分なりに正直に素直に作品を読もうとしているだけです。だからちょっとこれは変だな、馬鹿みたいだなというところがあっても、あまり深く気にしないでいただけると、僕としては大変に嬉しいのです。

話しかける相手として、僕自身と同じように過去の日本の小説をあまり系統的に読んだことのない若い人々（十代後半から二十代前半くらい）をとりあえずは念頭に置きたいと思っています。僕としては具体的な対象のイメージがあった方が話しかけやすいのでそうするだけです。だからもっと上の年代の人が読まれても、もっと下の年代の人が読まれても、もちろんちっともかまいません。ただの便宜的、形式的なものに過ぎません。

それからここでテキストとして取り上げる作品のおおよそ半分くらいは有名なもの、あるいは定評のあるものですが、あとの半分はそれほど有名ではないもの、これまであまり取り上げられる機会のなかったものを意識的に選びました。評価の「手垢の付いた」ものばかりではちょっと面白くないし、かといって誰も読んだことのないものばかり取り上げても、それはそれでしかたないだろうと思ったからです。手順良く行くかどうかあまり自信はないのですが、とにかくはじめることにします。みなさんと一緒に読んでいくという形態をとりますので、もし何か質問があれば、遠慮なく手を挙げてください。第一回目は吉行淳之介の初期の短編「水の畔《ほと》り」を取り上げたいと思います。この作品は現在のところ手に入れるのがむずかしくて（たぶん全集でしか読めないはずです）、しょっぱなから面倒をかけて申し訳ないのですが、できれば暇をみつけて図書館ででも探してみて下さい。

もうひとつお断りしておきたいのですが、図解における「自我（ego）」と「自己（self）」という用語の使用法はあくまで村上独自のものであり、一般的（専門的）な定義とは異ってているところもあります。僕がもっとも説明しやすいとたまたま感じる言葉を選んだだけなので、あまり学術的にとらないでいただけると嬉しいです。

吉行淳之介「水の畔《ほと》り」

I

これは昭和三十年五月号の「新潮」に発表された短編小説で、作者が「驟雨」によって芥川賞を受賞した翌年の作品ということになります。またその前年の昭和二十九年には、結核のために清瀬病院で左肺の一部を切除するという生きるか死ぬかの大手術を経験しており、吉行さんにとってこの前後の数年は人生のひとつの大きな節目の時期であったということができるでしょう。彼はこの昭和三十年について、「この年も依然として病臥。たまたま芥川賞を受けたので、文筆で生計を立てることにした。もともと文学で生計は立ちにくいと考えていたし、自分の文学的才能の質からしても生計は立ちにくいと考えていたのであるが、それよりほかに方法のないところまで追いこまれた」(自筆年譜より)と書いています。

これはいわゆる「闘病もの」として分類される作品です。同時期に書かれたこのジャンルのものには「漂う部屋」に代表される、研ぎ澄まされた文体を持ついくつかの佳作もあるのですが、ここではあまり一般には知られていない「水の畔り」というマイナーな作品を取り上げて読んでみることにしました。ごくごく客観的に正直に申し上げまして、この作品を吉行淳之介の代表的短編のひとつであると呼ぶことはたぶん不可能でしょう。お読みになればおそらくおわかりになるように、ここには構成的に弱い部分や、文章が薄くなっている部分が散見されます。それからソースにたとえて言えば、すらりと周りに混じりきらずにだまになって残っているような、いささか居心地の悪い箇所も見受けられます。少なくとも吉行さんの残した作品群の中には、これよりももっと優れた小説がいくつもあります。「じゃあどうしてお前はそういう作品をテキストとして選ばないのだ」という文句もどこかから聞こえてきそうですが、僕があえてこの作品を選んだのは、ひとつには吉行淳之介という作家の文学的生理なり、小説的視点なりに近接し、それを理解するためには、かえってこういった「完成しきっていない」ものの方が有効なのではあるまいかと感じたからです。それからもうひとつ、出来不出来とはべつに、あくまで個人的にこの作品が僕は好きだからです。この作品の中に含まれた何かが僕をしつこく惹きつけるからです。その「何か」がいったいどのようなものであるのかは、このあとの僕の説明の中でおいおい明らかになっていくのではないかと思います。

ちなみに僕は実際のクラスではこの作品のほかに、「海沿いの土地で」と「出口」というもっと後期に書かれたふたつの短編を選択しました。これはどちらも興味深い内容を持つ、いかにも吉行淳之介らしい面白い作品です。それなりに世間的な定評もあります。是非読み進んでいただきたいと思います。しかし正直に言って、この二作はあまりにも「ヨシユキ的に」まとまって完成されすぎており、ディスカスするためのテキストとしてはスリルにいささか欠けるのではあるまいかという感想を、教師としての僕は持ちました。吉行さんは一癖も二癖もあるテクニシャンだから、正面からまともに攻めていっても、なかなかそう簡単には正体を現さないというところがあるのです。それにこまでくると結局は「ヨシユキ美学を取るか取らないか、好むか好まないか、感心するかしないか」という個人的なレベルでの決定にゆだねられることになってしまいそうでもありました。また吉行淳之介の文学のそういったヨシユキ美学的側面については、これまでにおそらく多くの人々が様々な角度から専門的な論を上梓《じょうし》されてきたでしょうし、僕がここで今更何かを述べたところで、結局のところ屋上屋を重ねるに過ぎないのではないかとも思ったわけです。

しかし最初から僕の感想をべらべら喋ってしまうのはあまり好ましいことではないので、前置きはとりあえずこれくらいにしておいて、実際に作品を読んでいきたいと思います。まず筋を要約します。

この作品は作者が清瀬病院に入院して外科手術を受ける前に、千葉県佐原の病院に入っていた当時のことを題材にしています。実際には作者は昭和二十八年の春から夏にかけてここに入院しており、またこの入院を機にそれまで勤めていた出版社を退職しています。もちろんこれは創作ですから、どこまでが事実でどこからがフィクションなのかと線引きをすることにはあまり実際的な意味はありませんが、作者の全般的な創作スタイルから類推すれば、ここに描かれている状況そのものはかなり事実に近接していると考えておそらく差し支えないでしょう。

主人公は肺に十円硬貨の大きさに穴が「あいている」のを発見され、医師に外科手術を受けることを勧められるのですが、胸を刃物で切り裂く決心がどうしてもつかず、結局は転地療養の道を選びます。つまりこの水郷の小さな町の病院のベッドで、とくに何をすることもなく、毎日ぼんやりと寝ころんでいるだけの生活を送り続けているわけです。彼がどのような立場の人間で何を職業としているのか、それは読者には明らかにされてはいません。わかっているのは、彼が東京の人間で、おそらく二十代後半から三十代前半の男で、一人の「少女」と交際しているということだけです。交際といっても肉体的な関係があるわけではなくて、なんとなく曖昧《あいまい》な部分を残したまま、今風に言えばゲーム感覚でちょっとくっついたりちょっと離れたりしているのです。彼の中にはその少女（年齢は不明だがおそらくはハイティーンで、育ちがいい）とたしかな男女の関係を持ちたいという欲望と、いや、そんな面倒はできることなら避けて、このままつかず離れずでふらふらしていたいという相反したふたつの気持ちがあります。しかし全体的な感じとしては、彼はこのままの曖昧な状態を続けることにとくに強い不満を覚えてはいないようです。クールというか、一種のディタッチメント的な性行が彼の中にはもともとあるのです。多くの読者はこのような姿勢の中に、作者自身の像の投影を認めることになるかもしれません。

病院は小さな川の前にあります。彼はその「人工的な両岸をもった澱みがちの小さな流れ」を運河だとずっと考えていたのですが、看護婦からそれが大きなT川の支流のひとつであると教えられます。そこをほんの少し、五分ばかり歩いて遡っていけば、まるで湖のように巨大な川に行き当たるのだと。彼はその湖をいつか見に行こうと思うのですが、カフカの『城』的にとまではいかないまでも、なぜかその機会をいつも失してしまうのです。彼はその川に行くかわりに、小さな町をぶらぶらと散歩したり、ラジオを聴いたり、床屋に行ったりして日々を送っています。彼はあるいは不安なのかもしれません。もちろん不安なはずです。なにしろ肺の中にぽっかりと穴があいており、それは下手をすれば命取りにもなりかねないのですから。そしてそのために職をも失ってしまっているのですから――いや、もちろんこれは主人公ではなく作者の場合ですが。

でも小説の中には、そのような彼の不安、あるいはパセティックな心情はまったくといっていいくらい描かれていません。彼はただ静かに、ベッドの上で毎日を送っているだけです。このあとに書かれた「漂う部屋」を支配している金属的なひやっとした鋭敏さに比べると、この作品の文体はなんとなくのんびりとしているというか、悲壮感が希薄です。読んでいてときどき「この主人公はちょっと鈍いんじゃないか、想像力に欠けるんじゃないか」という気がしてくるくらいです。でももちろんそんなわけではなく、作者は意識的にこのような書き方をしているのです。

しかしある日、彼は突然幻聴を経験します。ラジオからなぜかその少女の声がはっきりと聞こえてくるのです。彼にはその不条理な現象を論理化することができません。その経験は彼の心をこれまでになく激しく揺さぶります。彼の持ち前のクールな姿勢はそれを境にがらがらと急激に崩れさります。そして彼はそのような自分の強い感情を少女に対して思いきり炸裂させたいと思います。そうしなくてはならないのだと感じます。そして彼は少女に会うために、そして自分の思いを正直に打ち明けるために、東京に出かけることにします。

でも彼はその新しく生まれた激しい素直な感情に、どうしても自分をうまく馴染ませることができません。それを意識すればするほど、彼はぎこちなくなり、不器用になり(彼はうまく歩くことすらできなくなってしまいます)、間違ったことを口にし、心ならずも少女を警戒させてしまいます。彼を魅力的な存在として成立せしめていた都市的な技巧性は、その幻聴によってすっかり失われて消えてしまったのです。少女は彼のそのような変化を好みません。彼女はもともと彼の洗練された技巧性に惹かれていたのです。彼もバランスを失ったそんな自分自身を居心地悪く感じています。でも彼はなおかつこう考えて自らを励まします。

「こういうキッカケがなければ、自分はけっして恋愛というものの中には、入りこめはしないのだ、と彼はおもった」

しかしある偶発的なこっけいな事件にたまたま遭遇したおかげで、主人公の感情の激しい高揚はふっと気勢をそがれ、タイミングを失い、結局彼は恋愛の領域に入っていくことをあきらめてしまいます。彼はまたもとのクールな技巧的人間に戻り（あるいはその仮面をかぶり）、水の畔りの病院に一人で戻っていきます。そして自分の中途半端な状況にひとつのけりをつけるために、肺の切除手術を受けることを静かに決意します。これがだいたいの話の筋です。

あえて言うまでもないことですが、これはあくまで筋の要約であって、実際の作品の中にはいかにもヨシユキ的なふとした寄り道や、鮮やかに感覚的な――色彩的、嗅覚的、触覚的――エピソードがちりばめられています。ご存じのように、そういう空気の出入りみたいな文章的融通があって、それで初めて吉行さんの作品になってくるわけですね。しかしそのちりばめられかたも、この作品に限っていえばいつもほどには技巧的でない。不思議にぱらぱらとしていて、どことなくぎこちないように見える。野球で言えば「打線が繫がってこない」とでも言うのかな。まるで主人公の経験する感情的なジレンマがそのまま作者の筆に乗り移ってきたみたいに、文体のリズムが何かしらぎくしゃくして感じられるのです。そして僕は、そういった乱れの部分に関心を持つし、なぜか心を惹かれてしまうわけなのです。

「なぜこの短編は乱れなくてはならなかったか？」、これが「水の畔り」を読み終えたときに僕の直面した大きな疑問のひとつです。そこには作者の文体や姿勢を乱す何かがあったはずなのです。ひとまずそれをとっかかりにこの作品を読みこんでいこうと思う。

結論から申し上げますと――さてこのへんからがいささか個人的な見解になるわけですが――僕はこの作品をまず「吉行さんが小説をどのようにして書いたか」という、創作方法の表象として読んでみればいいんじゃないかと思うのです。つまりこの作品は、作品全体として、吉行さんの創作システムそのものをかなり明確に浮き彫りにしているような気がするのです。両手で持ち上げて光にあててみると、彼の創作のシステムがうまい具合に透けて見える……というとちょっと語弊があるかもしれないけれど、ある程度わかりやすくふうっと浮かび上がって見えてくる。それはなぜかというと、それ以降の吉行さんの文学を強く支配していくことになる技巧性が、先にも述べたように、ここではところどころでぐらっと突き崩されているからですね。まだその技巧性が、彼の固有のスタイルとして完成していなかったから、たとえばある方向からやって来た力には弱かった、ということもあるかもしれない。ボクサーで言えば、吉行さんはガードをしっかりして、敏捷なフットワークを使いながら、洗練された鋭く短いパンチを繰り出していくタイプだと思うのですが、ここではまだその複雑なコンビネーションがきっちりとは出来上がっていない。身に付いていない。だからガードのちょっとした開き方で、足のちょっとした止まり方で、「おお、ここで打ちに来るな」という瞬間がちらっと見えたりしてしまいます。すっすっすっと読者の焦点をずらせていくあのマジックがうまく作用していないんですね。

でも正直に言って、吉行淳之介がそれほど巧い作家だとは僕は思わないんです。多くの人が吉行さんのことを短編の名手みたいに言うけれど、僕はそんな風に感じたことはあまりないですね。むしろこの人の文章は下手なんじゃないかとさえ思うことがあるんです。たとえば最初に引用した自筆年譜の短い文章ですが、ここには「文学（文筆）で生計を立てる」という言葉がほんの数行のあいだに続けて三回も出てくる。本当の文章のスタイリストならこんなことは絶対にしないですよね。でも吉行さんはそういうことをあまり気にしなかったんでしょうね。彼の小説を読んでいると、そのような例はいくらでも目に付きます。つまり彼の書く文章は、文章的には意外なくらいごつごつしているんです。この人は決してみんなが考えているような繊細な文章的スタイリストではないだろうと僕は思うんです。逆に吉行さんの小説の面白さは、本当はそういうごつごつした不器用な、非スタイリスト的な部分にあるのではあるまいかと。うまく流れているみたいで、本当は流れていないというところに、吉行さんの作品の本当の魅力があるのではないかと。そしてそのような部分が、この短編にはかなり顕著に出ているのではないかと思うんです。

そう思って注意して読んでいくと、この「水の畔り」にも文章にいささか不思議なものが見受けられますね。妙にぎこちない翻訳調みたいになったり。たとえばこういう一節があります。

「そうと知りながらも、感情を炸裂させてしまうことへ見えない手が彼を誘惑しつづけ、その地点まで彼をひきずってゆこうとする」

これなんかも相当にごつごつとした不器用な、癖のある文章ですよね。もちろん小説の中の一節をあるひとつの目的を持って抜き出して、あれこれあげつらうのは批評としてはフェアな行為ではなくて、そんなことされたら僕なんか頭を抱えなくちゃならない部分は山ほどあるんだけど（笑）、それでもなおかつ。しかし逆に、考えようによっては、これをすらっと巧く書いちゃったら、あとに何も残らないような気がしないでもないんです。「へえ、それがどうした」って言われかねない。あるいはそのままひっかかりなくすっと向こうに抜けていって、読者は何も感じないかもしれない。つまり下手だからこそ、ぎこちないからこそ、しっかり心にひっかかるところがあるのだと思います。たぶん吉行さん自身にもそれはわかっていて、自分のそのような文章的傾向なり特徴なりを手法として徐々に洗練し、「商品化」していったのではあるまいかと、僕は仮説するのです。たとえば先に例として引いた「文学で生計を……」の文章にしても、同じ言葉がばたばたと三回続いても、「これはなにしろ吉行さんの文章だから」ってことで、みんな気にしないか、あるいは見過ごしてしまうわけですよね。またそれなりの流れの中で語られるから、編集者もちょっと文句がつけにくい。その「見過ごされた部分」が文章的に、意外に残るパンチになってあとできいてくるんですね。「文学で生計を立てる」という字が、テレビ・コマーシャルの連呼みたいに、サブリミナル的にけっこう頭にしっかりと染み着いてしまったりするんです。「そうか文学で生計を立てるのは大変だったんだな」という実感がじわっと出てきたりもする。これはやっぱりひとつの芸だと思います。

しかしここではそれはまだ芸にまでは達していない。こう言っちゃ悪いけれど、まだ「下手」の領域に半分留まっている。このあたりも僕としてはすごく新鮮で面白かったです。なるほどな、というか、吉行さんの出発点みたいなのがうまく見えてくるんですね。

Ⅱ

もうひとつのこの作品の大きなポイントとして、二つの対立する世界が取り上げられているということがあります。地理的に言えばひとつは東京の町であり、もうひとつは病院のある水郷の町です。とりあえず前者を「技巧性の世界」、後者を「非技巧性の世界」として設定すると、この小説に出てくるいくつかの主要なファクターはみんなどちらかに収まってしまう。表にしてみると、

(1)技巧性の世界に属するもの

東京――都市

少女とのゲーム的な恋愛

運河にも見える人工的な糸縒《いとより》川

(2)非技巧性の世界に属するもの

水郷の小さな町

異性間の情熱的な愛

湖のように巨大な自然のT川

ということになります。主人公は言うまでもなく、この両陣営の発する力に引っ張られ、そのふたつのあいだでふらふらと揺れ動いています。そして作者もまた主人公に同化して、彼と同じようにその両方向に引っ張られ、揺れ動いているように見える。たとえば主人公と少女との関係を、小説の中から引用すると、

「彼は彼自身の方が常に揺れ動くことによって少女の心をいたわり、そして安定させようとしていた一方、少女の意識のなかに特定の具体的な男性として這入り込むために、少女の意識の下にうごめいている感情を引きずり出してしまいたいという発作にもしばしば捉えられていた。そして、いまやっと明らかになったこの二つの相反する気持のあいだを、彼は烈しく揺れ動いていたのではなかったか」

ということになります。これは明らかに「技巧性」と「非技巧性」の葛藤ですね。それがものすごく明確に書かれている。いささか明確すぎるくらいに説明されている。つまり彼はこれまで東京という人工的環境の中で、ごく自然に技巧性の衣をまとって生きていたわけです。そして少女との関係においても本質的な葛藤を避けて、うまくさらりとかわしてやってきた。「技巧性」を「非技巧性」の上位に当然のように置いて機能させて、とくに問題もなく生きてきたわけです。少女という不安定な揺れ動く存在にあわせるようにしてフットワークを使い、自らも軽快に移動することで、二人のあいだに心

地よいノンシャランな関係を保っていた。これは技巧性以外のなにものでもありませんね。

しかし肺結核を宣告され、心ならずも東京を離れ、遠い小さな町で独りぼっちで日々を無為に過ごしているうちに、彼のその技巧的なクールネスは、現実からの思いも寄らぬ大きな挑戦を受けるようになったわけです。つまり彼は理性や意志やスタイルでは止めることのできない不思議な幻聴を経験する。それが彼のまとっていた人為的な衣を解いてしまうのです。その結果彼は相手にもっと深く強くコミットしたいという激しい欲望を抱き、そう考え始めると、もう我慢できなくなってしまう。矢も盾もたまらなくなってしまう。僕はそれはごく自然な成りゆきだと思うんです。そのような状況にあっては、誰だってやっぱりそこまで行くだろうと思うんです。そしてまた行かなくては嘘だと思うんです。

そして僕はこれはまた、その時期の作家としての吉行さんが抱えていた、抱えざるを得なかった芸術面での自己形成に関するクリティカルな命題だったのではあるまいかと想像するのです。たまたま病床にあって芥川賞を受け、自分が作家としてこれから、どのような世界を追求しなくてはならないか、というのは当然のことながら彼にとってすごく大きな命題であったはずです。それはわかります。なにしろ彼は失職しており、否が応でもこれから職業作家として船出しなくてはならなかったわけですから。僕は先に、この作品はパセティックな色彩を排除しているというようなことを述べました。しかしそれは心情描写として排除されているだけで、もちろん書かれている状況は十分すぎるくらいパセティックだし、作者自身の心情もまた間違いなくパセティックだったと思うのです。だからこそ、作者はそのパセティックな部分を安易には、というか旧来の私小説的な位相では、吐露したくなかった。それをぐっと踏みこらえた地点で、そういう大きな命題がより鮮やかに浮かび上がってきた。それがこの作品の面白さだと思うんです。

ここで問題になっているのは、主人公の意識の葛藤、変遷であると同時に、先にも述べたように、吉行さんが小説を書くためのシステムと方向性でもあるだろうと僕は思います。主人公が深刻な生命の不安の中で、その孤独の中で、「技巧性」の壁を打ち破って、より深い誠実な「実体ある」自己に到達しようと多かれ少なかれ努力するのに呼応して、作者の筆も揺れ動きます。作者もやはり同じように作家として迷っていたのだと思うのです。それはまたとりもなおさず自我の問題だと言ってもいいのではないでしょうか。つまり自分の小説と自我とを、どのような地点で、どのようなかたちで対比させるかという大きな問題がここでとりあげられているんじゃないかと、感じるのです。言い換えれば「文学で生計を立てる」ために、自分は何をするべきかということですね。僕らは——つまり小説家はということですが——自我というものに嫌でも向かい合わなくてはならない。それもできる限り誠実に向かい合わなくてはならない。それが文学の、あるいはブンガクの職務です。しかしその向かい合い方のスタイルはみんな一人ひとり違う。良い悪いじゃなくて。違うからこそ、それは職業として成り立つわけです。そしてここで吉行さんは、その自分の向かい合い方のスタイルに対して、自ら疑問を提出している。「こんなんでいいのか？」と自らに真剣に問いかけている。こんな技巧的なところに留まっていていいのかしら、そんなことをしていて「文学で生計は立てられるのか」と。僕にはそんな風に思えるんです。

でも小説の流れからすると、主人公は結局のところ少女に心情を打ち明けることはできないままに終わってしまうわけですね。技巧の世界を突破することは果たせないで終わってしまう。

「夜空に打上げた花火のように、その火花はすぐ消えてしまう。炸裂した瞬間の華かさをそのまま持続させて行くことはできはしない。持続させるためにはその瞬間に身を滅してしまうより方法はない、……それは彼の動かすことのできない考え方であった。火花が消えたあとの闇に耐えながら、明け方までの遠い路をあらためて歩きはじめるためには、いまの彼には体力と気力が甚しく不足していた」

と彼は心情を吐露します。このあたりの心情描写は吉行さんにしては珍しいくらい正直で散文的で切実で直接的でマジで素直です。そしていささか理屈っぽい。たしかにあまり巧妙な小説作法とは言えないでしょう。少なくともヨシユキ的じゃない。でも彼が言いたいことは痛いほどよくわかる。

そしてとにかく、そのような恋愛の挫折、自己解放の挫折という体験を経て、主人公はあきらめてもう一度モトの世界に戻っていきます。やっぱりそういうのは俺にはできないんだな。俺にはもともと向いてないんだ。俺は結局のところこのような技巧の世界で俺なりに生きて行くしかないんだ、という思いがそこにはあります。そして病院のベッドの上でまた同じような退屈な日常が始まります。しかしです、ここでひとつ面白い変化が起こります。最後のページをよく読んでください。主人公がその世界に戻ろうと決心すると同時に、吉行さんの文章も不思議なくらい生き生きとして、まるで霧が晴れていくみたいに、いつもの吉行さんの世界に戻っていくのです。たとえばこんな文章が出てきます。

「田舎の古ぼけた映画館では、彼の興味を惹かぬ映画ばかり上映していた。それでも、彼はしばしばそこの椅子に坐る。ある映画の一場面では熱烈な恋愛をしている男女が抱擁して、女の顔がクローズアップされた。その女の表情を見て、おやあの女のおなかの中で蛔虫が這いまわりはじめたのかしら、と彼は咄嗟に感じたりしてしまう」

ここまで来ると、作者の独特の洗練された意識的なディタッチメントが顔を出してきて、いつものすらすらとしたヨシユキ・ペースに戻ることになります。でもこれは最後の一ページだけに限られています。そこに至るまでは、とにかく小説としてきまり悪いくらいごつんごつんしているのです。

僕がまたとくに印象的に読んだのは、彼が床屋に行って、「昔は糸縒川にも鮒がいっぱいいたんですよ」という話を床屋の主人から聞いて、ふと興味を持つ部分でした。彼はそれを聞いて、川底に小さな魚が横腹をすりあわせながら並んでいる光景を頭の中で想像し、心を和ませるのです。

「あの澱んだ、人工的な小さい流れの中から、それほど豊富な収穫を得ることだって、出来ないことはないのだから。それは、たとえ今はわずかの鮒の姿さえ見ることが難しいにしても」

なぜ彼は鮒のことでそれほど心を和ませるのでしょう？　この運河の川の底にかつて鮒がたくさん生息していたことが、なぜ彼にとってそれほど重要なことだったのでしょう？　おそらくそれは彼にとってのひとつの文学的な宣言のようなものではなかったかと僕は思うのです。つまり作者は「私のような技巧性の世界に生きる――あるいはそのようにしてしか生きることのできないはかない人間にとっても、『文学で生計を立てる』ことは、決して不可能ではあるまい。そこにはきっと豊かな収穫の可能性が潜んでいるにちがいない」というひとつの静かな認識なり諦観的決意なりに達していたのではあるまいかと思うのです。だからこそ作者は、最後のページに至ってようやく、ある種のヨシユキ的なる落ちつきのようなものをそこはかとなく漂わせはじめるのではないでしょうか？

このような作者の心情は、一般に「第一次戦後派」と呼ばれる、多分に政治的にして問題意識の鮮明な一群の作家たちが、文壇で大きな位置を占め、長編小説を中心に活躍していた当時の文学状況を俯瞰してみれば、よりよく理解できるのではないかと思います。いわゆる「第三の新人」たちは当時だいたいにおいて、非政治的で日常的な作風の短編小説を中心に創作活動を行っていましたし、「こんなものでいいのかな」というちょっとした肩身の狭さのようなものが、当人たち自身の発言の中にもいくぶん見受けられます。実際に彼らはジャーナリズムや文壇人から「どうせそのうちに消えて行くだろう」と軽く見られていたようです。今の時点から振り返ってみると、第一次戦後派文学の多くが空疎化し忘れ去られているのに比べて、いわゆる「第三の新人」文学の多くがまだしっかりと鮮やかに生き残っていることを僕らは知るわけですが、でも当時の文壇的状況はまったくそうではなかった。また作者は重い病を得て、自らの才能に対する自信もまだそれほど確かなものではなかった。そんな中で水底で横腹をすりあわせている鮒の群の姿を想像しながら、「俺だって作家としてなんとかやっていけなくはないよ」と自分を静かに励ます姿は、僕にとってはそれなりに説得力があります。更に言えば、感動的ですらあるんです。そういう吉行さんのかなり裸に近い姿というのは、他の作品ではあまり見受けられないような気がするんです。

実際の吉行さんの私生活で当時どのようなことが起こっていたのか、もちろん僕には知るべくもありません。実際にこの少女に相応するような女性が存在したのかどうかも不明です。しかし僕らに言えるのは、そこにある切実さは間違いなく本物だということです。それは吉行淳之介という一人の作家／人間を揺り動かし、選択を迫り、その結果ひとつの重い答えを引き出していったのだ、ということです。我々にとってのこの作品の意味は、おそらくそういうところにあるのではあるまいかと僕は思うのです。

僕は吉行さんの文学の中心は技巧的「移動」にあると感じるのです。図にしてみると比較的わかりやすいのですが、僕らの人間的存在は簡単に説明すると図（1）〈62頁〉のようになると思うのです。自己（セルフ）は外界と自我（エゴ）に挟み込まれて、その両方からの力を常に等圧的に受けている。それが等圧であることによって、僕らはある意味では正気を保っている。しかしそれは決して心地よい状況ではない。なにしろ僕らは弁当箱の中の、サンドイッチの中身みたいにぎゅっと押しつぶされた格好で生きているわけですから。

でもとにかくこれが基本的なかたちです。作家が小説を書こうとするとき、僕らはこの構図をどのように小説的に解決していくか、相対化していくかという決定を多かれ少なかれ迫られるわけです。僕はここで取り上げる作家たちの方法をいちおうこの構図を使って一人ひとり説明していきたいと思います。もちろんこれは、文学的にも精神医学的にもかなり乱暴な説明で、専門的な異論はあると思います。だからこれは小説家であるムラカミの個人的な仮説に過ぎないんだと思っていただければ結構です。僕は学者ではないので、とりあえずものすごくわかりやすい単純化されたかたちで物事を説明したいと思うのです。

　吉行さんの小説システムは図（2）にあるように、頻繁な移動の中にあります。彼は自分の位置を絶えまなく移動させ、ずらしていくことによって、外界との正面的な対立を、少なくとも小説的には回避しようとする。そしてまた外界との対決を回避することによって、自我との正面的な対決をもできるかぎり回避しようとする。これはこの作品に出てくる少女と主人公との関係を思い出していただければわかりやすいでしょう。主人公は「こんな不安定な状態にある少女にたいして、彼は彼自身の方が常に揺れ動くことによって少女の心をいたわり、そして安定させようとしていた」わけです。つまり彼は移動のムーヴメントそのものの中に、安定性を見いだそうとしているのです。それが技巧性です。もちろんそのような技巧によって自我との対決がいつまでも回避されるわけではありません。しかし小説的にはそれは可能です。ある程度可能です。僕はそれが吉行さんの小説が長い年月にわたって僕らをひきつけてきたいちばん大きな魅力ではな

(図1)

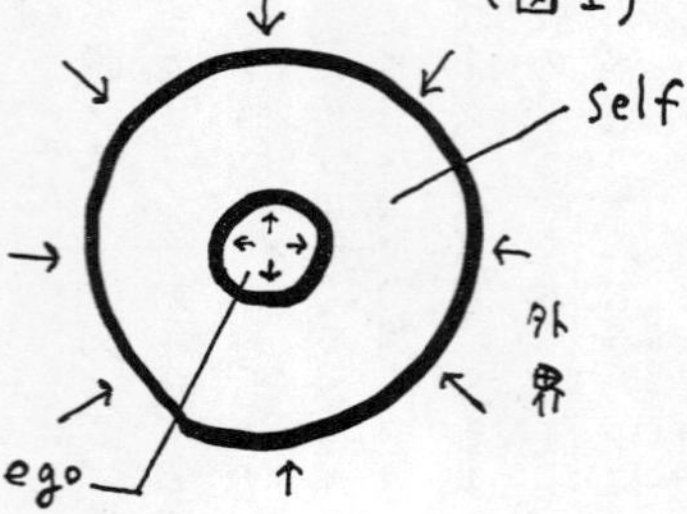

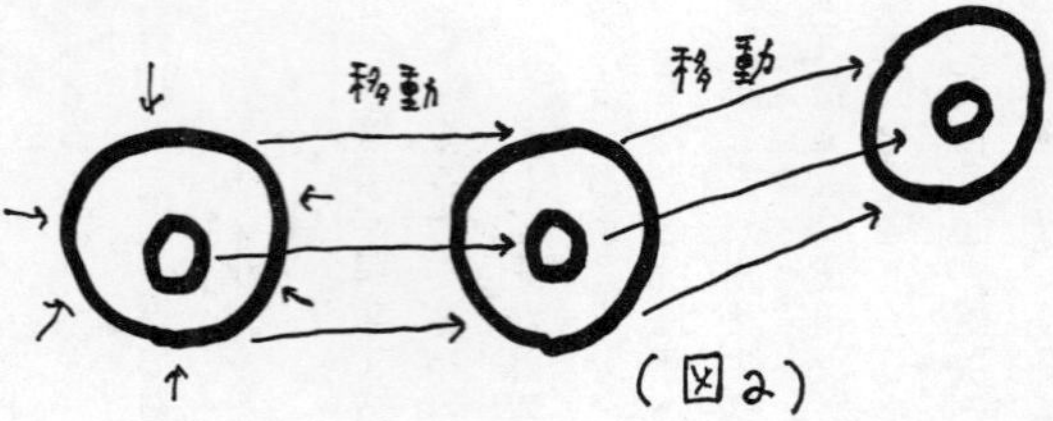

(図2)

吉行淳之介

いかと思うのです。

彼は職業作家としてのキャリアを積んでいく過程において、その移動行為の文学的技巧性をどんどん細密化し、洗練化し、独自の技巧性の特別世界を作り上げていきます。でもその世界は楽園でもなければ、ユートピアでもありません。主人公たちはその世界にあっても、常に外なるものの脅威に追われつづけています。そしてそれらの脅威が自らの中にある暗い力と等圧であることを彼らは知っています。主人公たちはその追ってくる「何か」に無意識的に引きつけられながらも（それはもういっそそこに留まってしまいたい、しっかりと向き合ってしまいたいという潜在的な欲望なのかもしれません）、そこからするりするりと絶え間なく移動しつづけます。移動することによって、自分に加えられる力を減殺させようとするのです。誤解されることを承知の上で「逃げる」という言葉を使ってもいいかもしれません。もっともいくら逃げたところで結局は逃げ切れないことを、彼らは心の底で知っています。それはもともと自らの影法師のようなものなのですから。しかしそれでもやっぱり彼らは技巧の限りを尽くして逃げます。そこに留まるわけにはいかないのです。逃げる、移動するという行為そのものが、小説システムの根本的な一部になっているからです。そして吉行文学は、いわゆる旧来の私小説的な意味での自我とのナマのかたちでの対決を、意識的に避けてずらせていくわけです。

吉行さんの文学がよく都会的だと言われるのは、おそらくそのような自我との対決姿勢（非対決姿勢）の中にあるのだろうと僕は思います。逆説的に言えば、自我との回避行為を描くことによって、どのようにそれを回避したかという軌跡を示すことによって、自我というモーメントの存在を、ヨシユキ的に明確に正確に浮かび上がらせていくわけですね。これは、もちろん作品の出来によって上下はありますが、だいたいにおいて感服、納得させられる。

でもそれが都会的だ洒脱だカッコイイというふうには、僕にはどうしても思えない。そしてそういう見地から吉行さんの作品を賞揚するのは、あまり正しくないことであるような気がします。前にも述べたように、吉行さんの文体作風自体は、そんなにみんなが言うほど洗練されたものではないと僕は思うからです。一見したところたしかに洗練されているようには見えるけれど、よくよく読んでみると、それは往々にしてごつごつしていて、ぎこちなく、場合によっては下手くそでさえある（もちろん僕はけなして言っているのではありません。逆にそこが素晴らしいのだと言っているのです）。僕らをひきつける吉行文学の魅力というのは、都会的とか洗練性とかいったものよりはむしろ、彼の逃げ方の頑固な一貫性（consistency）や、その意外なほどの確信犯的たくましさの中にあるのではないでしょうか。僕は「夕暮まで」という後年の傑作の中に、これらの美しく見事な結晶を認めるわけですが。

次回は小島信夫の「馬」という短編を読みたいと思います。

小島信夫「馬」

I

まず最初に言えることは、この「馬」という短編小説は読み解くにはかなり厄介な作品だということです。一筋縄《ひとすじなわ》ではいかない。

とはいっても文章はけっこうリーダブルで、頭からとくに苦労もなくすらすらと読んでいけます。ところが筋立てのほうは途中から、まるでメロディーが音階を崩していくみたいに、だんだん朦朧《もうろう》としてよくわけのわからない、常軌を逸したものに変質していきます。一回や二回読んだくらいではなかなか話の筋が呑み込めない。要領をえない。かといって五回六回注意深く読み返してみて、それで小説の意味するものがよりよく理解できてくるかというと、必ずしもそうではありません。なぜならこれは、たしかにわけのわからない奇妙な話ではあるけれど、だからといって決して難解な話ではないからです。けっこうおかしくて、読みながら思わず声をあげて笑ってしまったりもする。難解な小説を読んでも、なかなか人は笑わないですよね。

しかし「だからこそこの話は厄介なんだ」ということにもなるのです。というのはただ単に難解な話であれば、何度も注意深く読み返し、ノートを取り、時間をかけて一生懸命考えればわかってくるという部分はあるからです。けれど、この作品はそういうのでもないから、ただ時間をかけてもなかなか有効に前進することができない。読めば読むほど、同じところをぐるぐると堂々めぐりしているような気もしてくる。それがこの小説の妙なところであり、面白いところであり、厄介なところであり、不思議に魅力的なところですね。人によっては腹を立てて、途中で「なんだ、これは」と放り投げるかもしれませんが。

もちろん世の中には変な話を書く作家はほかにもたくさんいますが、こういう奇妙きてれつな「変さ」を自然にすらすらと書ける人は、小島さん以外にちょっと見あたらないような気がします。たとえば安部公房は奇妙な話を書きますが、変かというととくに変ではないですね。その奇妙さは良くも悪くも一貫した奇妙さであって、「変」ではない。それにくらべて小島信夫の場合は、まともに投げるボールが勝手にひゅるひゅる変化するピッチャーみたいに、根本的に変だとしか言いようがないわけです。読んでいてつい添削したくなってしまうようなその独特のごちごちとした文体も、人によって好き嫌いはあるかもしれませんが、作品の空気にぴったりとあっています（といっても本来文体というものはその流れに従って作品を自然に規定していくものですから、考えてみればそれは当たり前の話なのですが）。

そして発表後四十年以上を経た今あらためて読み返してみても、この「変さ」はちっとも古くなっていませんね。風化していないですね。おそらく四十年前の読者が読んで「これは変な話だよな」と感じたのと同じくらい鮮烈に、ありありと、我々もまた「これは変な話だよな」と感じるのではないかと、僕は思ったりもするのです。あるいはその「変さ」は、かえって今の時代の方がすんなりと受け入れられるかもしれない。そういう感じさえします。これはどうしてでしょう？

それはおそらく「これからひとつ変な話を書いてやろう」という構えみたいなものが作者の中になかったからではないでしょうか。むしろまともにストレートに話を書こうと思っていたのに、書いているうちに予期せぬ流れに乗って話が勝手にどんどん違う方向に逸《そ》れていって、結局こんな風になってしまったのじゃないかと、この作品を読んでいて僕は想像するのです。作者自身の中に「あれあれ、へえ、こんな風になっちゃうのか」という新鮮な驚きみたいなものがあって、それが作品に生き生きとした力を与えているように感じられます。決して計算されてそこに持ち込まれたものではない。別の言い方をすればその「変さ」は、小説的な装置というよりも、小島信夫という作家個人の中に本来的に普遍的に、一種の源泉として内在しているものではあるまいか、そのように感じるわけです。

この作品の前後に書かれた同じ作者の「汽車の中」とか「アメリカン・スクール」といった短編小説には、いくぶんあぶない部分があるにせよ、リアリズム的一貫性がいちおう認められるのですが、この「馬」においてはそんな論理的整合性は途中からあっさりと打ち捨てられてしまっています。それでも話は最初のうちは、小心な主人公がかなり抑圧的な状況の中に心ならずも放りこまれて、「これは困ったぞ」という日常トラジコメディー的に進行していきます。これはいかにも小島信夫的というか、「汽車の中」とか「アメリカン・スクール」にしっかりと通ずる世界ですね。ところが読み進むにつれてリアリズム的絆《きずな》がだんだんほどけていって、途中から話はとうとう境界を越えて「こっちの世界」から「あっちの世界」に飛んでいってしまいます。その飛び方がいかにもという計算された風にではなく、なんとなく知らないうちに飛んでいっちゃったなあという感じなのです。読者にとっては、そのへんがなんともいえずおかしいわけです。

僕はなにも「汽車の中」や「アメリカン・スクール」より「馬」の方が作品として優れていると言っているわけではありません。「汽車の中」や「アメリカン・スクール」には「飛びそうで飛ばない」おもしろさがあり、「馬」には「飛ばなさそうで飛んじゃう」おもしろさがあるということです。その二つのケースは、作者の系譜の中で互いにうまく補足しながら同時的に成立しているような気がします。この「飛ばなさそうで飛んじゃう」ケースが段階的に発展していって、その十数年後に、より大きなモニュメントとでもいうべき長編小説「抱擁家族」が登場してくるわけですね。

そういう意味では、「抱擁家族」をより正確に読み解くためには、まず「馬」をしっかりと押さえておく必要があるのではないでしょうか。小島信夫の作品の中にはこの他にも「島」というずいぶんラディカルな前衛的長編小説がありますが、僕はこっちにはうまくついていけなかった。つまりこの作品は「飛ばなさそうで」という前提の部分が希薄なのではないかと僕は思うのです。そもそもの最初から体の半分以上が「あっち側」に入ってしまっている雰囲気がある。この作品を高く評価する人も少なくないようですが、僕自身はそこのところがちょっとしんどいと感じました。もちろんこれはあくまで好みの問題です。ともあれ、僕としては「馬」から「抱擁家族」へと伸びていくラインに個人的に強く惹かれます。

また「馬」と同じ年の「文學界」四月号に発表された「星」という、旧日本軍の軍隊システムをカリカチュアライズした同じ作者の短編に、この「馬」に通底する一種ラディカルな妄想性のようなものを見つけることができます。この作品にもやはり「五郎」という名前の馬が出てきます。主人公である日系人の兵隊は、軍隊にあっては馬よりは自分のレベルが下だという事実に最初は驚きながら、やがてそれを自然に受け入れていきます。

「馬」の筋を要約するのは簡単ではありませんが、まあ頑張ってやってみましょう。

主人公は三十五歳を過ぎた普通のサラリーマンです。トキ子という奥さんと二人暮らし。三年半前に建てた住宅のローン返済に追われて、身を粉《こ》にして働いています。ここまではどこにでもよくある話ですね。ところがある日、奥さんは彼に何の説明もなく相談もなく、同じ敷地内に新たに家を建て始めます。夫は「おい、そんなの冗談じゃないぞ。今の借金を返すのでさえ精いっぱいなのに」と思い、それなりに抵抗もするのですが、奥さんは彼をうまく言いくるめて――主人公は理屈に弱くていつも弁の立つ奥さんに言いくるめられてしまいます――勝手に工事を始めてしまいます。「これは弱ったな」と思っているうちに、ふとしたことで、実はその新しい家にゆくゆく馬が一頭同居することになるという驚くべき事実が明らかになります。どうして馬が自分の家に住まなくてはならないのか、彼には理解できませんし、また十分な説明も与えられません。それで主人公は混乱の極に達し、かっとして工事の責任者である大工の棟梁《とうりよう》に襲いかかりますが、失敗して感電し、梯子《はしご》から落ちて頭を打ち、意識を失ったまま家のすぐ近くにある精神病院に入れられてしまいます。この精神病院はアントン・チェーホフの「六号室」の雰囲気を僕に思い出させます。

彼はしばらくのあいだこの病院に入院しているのですが、ある夜病室の窓からわが家を見ていて、妻が留守宅に見知らぬ男を招き入れている現場を目撃します。暗くてよくわかりませんが、どうやらそれは大工の棟梁のようです。そのことで翌朝妻を詰問すると、「馬鹿ねえ、それはあなた自身よ。あなたが来たんじゃない」と言われてしまいます。つまり彼が見た人影は彼自身であったというわけです。それを聞いて彼は本当に訳がわからなくなってしまいます。そのことでまた混乱し怒り、暴れだしますが、病院の監視員たちに力ずくで取り押さえられ、今度は独房のような部屋にしっかりと監禁されてしまいます。彼がそこに監禁されているうちに（そのあいだに何日経過したのかは定かではありませんが）、家は無事建ちあがります。立派な二階建ての家です。ここまでが、つまり章だてでいえば七の終わりまでが「家が建ちあがるまで」の話です。それからあとは「馬が家にやってきた」話になります。話はだいたいここで二つに分かれます。

病院から主人公が新築なった家に戻ってくると、そこにはもう馬が住んでいます。おまけに馬の五郎には家の中でもいちばん豪華な部屋が与えられています。冷暖房つきで、そこには書棚から安楽椅子まで置いてあるのです。それに比べれば主人公に与えられた二階の部屋はまったく貧相なものです。煎餅《せんべい》布団が一組あるだけです。「だってしょうがないでしょう。この競走馬を預かっているおかげでお金が入り、そのお金があればこそこの家が建てられたんだから」と妻はまた彼を言いくるめます。彼は理屈の繋がり方がよくわからないまま、またうまく言いくるめられてしまいます。主人公はいろんなことを考えることに、いい加減疲れてしまっているのです。

しかし彼は、妻が自分よりは馬の方に惹かれていることに気づかないわけにはいきません。奥さんは彼に対してよりは、馬の方に対してずっと親切なのです。馬の世話ばかりして、彼をちっともかまってくれません。それによく見ると、自分よりは馬の五郎の方がずっと立派で男らしく見えます。自分よりも気品があるし、野性的です。彼としてはもちろん面白くありません。それでは一人の人間として、一家の主人として立つ瀬がないではないですか。おまけにある夜、彼は馬が妻の部屋のドアをノックしているらしい音をききます。それだけではなく、あろうことか五郎は「奥さん、奥さん、あけて下さい」と人間の言葉を喋っているのです。そのことで主人公の混乱はより深いものになります。それはまあ当然ですね。ひょっとしたらこれは嫉妬から生み出された妄想ではないのかと、主人公は自らを疑います。でもそれが妄想であるかどうかには関係なく、事態はますます悪い方向に進んでいきます。

やがて妻は五郎と起居をともにするようになり、五郎のために大きなセーターまで編み始める始末です。主人公は「これはなんとかしなくてはならない」と思います。「明日の朝といわず今からでもこの五郎のやつをひきずりまわして、馬か、にんげんかのけじめをつけてやろう」と決心するのです。

でもなかなかそううまくはいきません。主人公が馬にまたがって乱暴に鞭《むち》をくれ、

「おい、俺がお前の主人なんだぞ」と言い聞かせようとしても、そんなに簡単に五郎は命令に従ってくれません。五郎はたしかに鞭を受けて走り出しますが、主人公はそのうちに「僕はだんだん僕が馬になり、五郎をのせて走っているような奇妙な感じにとらわれだし、これはいかんと」思います。主導権はあくまで五郎の方にあるのです。そしてみごとに振り落とされて頭から池に落ちてしまいます。完全に馬に位負けしているんですね。

それでも主人公がなんとか池から這いあがって、また五郎にまたがって、やっと家にたどり着いてみると、家からは大工の棟梁が出てきます。それは精神病院の窓から見た光景と同じです。やはりあのとき妻が導き入れた謎の男は棟梁だったのです。でもそれを目の前にしても、主人公にはもう怒る気力もありません。くたくたっとして、こんなんじゃ俺はまた精神病院に入りたいよと力無く思うだけです。怒ったのはむしろ馬の五郎です。五郎はひとこと「この野郎！」と人間の言葉で叫ぶと、主人公を背中からぶるぶるとふるい落とし、棟梁のあとを走って追いかけていきます。

主人公が身も心も疲れはてて、休息の場たる精神病院に向かってとぼとぼと歩いていくと、トキ子が後を追ってきて彼を止め、「私はホントはあなたを愛しているのよ」と告白します。それは主人公が生まれて初めて耳にした——彼がずっと求めて与えられなかった——妻からの愛の告白だったのです。

筋だけ書くと変な話ですね……と言いたいところですが、なにも筋だけじゃなくて、作品そのものがはっきりいって相当変なのです。僕の要約がとくに下手なわけではありません。

小島信夫自身の書いた「自作を語る」的な文章によれば、この作品は最初「家」という題で書いていたものに、あとから書き足して「ひとつの作品にした」ということです。詳しい具体的事実はわかりませんが、僕が勝手に想像するに、最初の「家」という原型の部分はおそらく七章までの、どちらかというとリアリスティックで整合的なトラジコメディーであり、そこにあと八章から非リアリスティックで妄想的な「馬」の部分が文字どおり「建て増し」的に繋がっていったのではないのでしょうか。

その想像が正しいかどうかわかりませんが、そのような観点から読んでいくと、この作品の基本的なシステムがいくぶん明瞭に見えてくるような気がします。これもあくまで僕の想像ですが、おそらく作者は最初の「家」の部分だけでは何かが足りないという気がしたのではないでしょうか。僕も実作者の端《はし》くれとして、そのような気持ちはなんとなくわかります。「なかなか悪くない短編だ。自分でもけっこうよく書けていると思う。でも何かが足りない」という感じですね。なぜこの作品がここに存在しなくてはならないのかという核のようなものがもうひとつうまく見えてこない。それでどうしたものかと考えているうちに、ひとつのアイデアがぽっと電球みたいに頭に浮かぶわけです。

「そうだ、ここにひとつ馬を出してこようじゃないか」と。そのようにしてこの作品は二つの違った家屋を一緒にくっつけたような不思議なかたちをとることになります。この推論があっているかどうかまではわかりませんが、そう考えると僕としては、かなりすっきりといろんなことが理解できるわけです。

僕は思うのですが、おそらく最初の「家」の部分だけが独立していても、後半の「馬」の部分だけが独立していても、それらは単体では結果的にこの作品のような不思議なパワーを持つことはなかったんじゃないでしょうか。その二つの部分が何かの事情で合体して一つになったからこそ、この作品はより深い、1＋1＝2以上の意味を有するようになったのではないかと思うのです。

この話の主人公は一言でいえばかなり受動的なタイプの男です。これは小島信夫の小説の多くの主人公に、とりわけ「アメリカン・スクール」に出てくる主人公の伊佐に共通した性格です。よく読んでみると、この二人の人物にはかなり似通ったところがあります。「馬」の主人公（名前はない）は、妻の命令に従って心ならずも家を新築しなくてはなりません。英語の喋れない英語教師の伊佐は、上役の命令に従って心ならずもアメリカン・スクールに行って英語を喋らなくてはなりません。彼らはどちらも「イヤだイヤだ」と思いながらも、それをきっぱりと断ったり、そこから要領よく逃げたりすることができないのです。そういうことができない性格なんですね。だとすれば彼らは思いを同じくする同志的存在を——弱者同士の連帯と言ってもいいのではないかと思います——どこかにうまく見つければいいのですが、それもできません。二人はまわりにいる人々の誰とも、うまく意思を通じ合わせることができないのです。たとえば「アメリカン・スクール」の伊佐に強く関わってくるのは、彼とは存在のありようをまったく異にする二人の強い男たちです。一人は、

(A)現世的な力と価値を追求する俗物の教員の山田であり、もう一人は、

(B)男性的なセクシュアリティーの高みに立つウイリアム校長です。これは大まかにいって「馬」においては、

(A)大工の棟梁

(B)馬の五郎

という存在に置き換えられるのではないかと思います。

しかし「イヤだイヤだ」と思いながら身をすくめている主人公たちを、なんとか物語に繫ぎ止めているのは女性たちです。「アメリカン・スクール」においては女性教員ミチ子が、伊佐に性的と言ってもいいような興味を持ち、彼に積極的にコミットしようとします（もっとも伊佐の方にはそれを受け入れるような精神的余裕はまったくないのですが）。「馬」においては主人公は、自分がかつて何かのはずみに愛の告白をした妻に、い

わば契約的に結びつけられていきます。つまりそれらの物語を導いていくのは女性たち、ミチ子でありトキ子なのです。主人公たちは(A)現世的な力と(B)高みにある力という二つの大きな勢力に挟み込まれ、混乱し、たたきのめされ、辱《はずかし》められつつも、彼女たちの積極的なコミットメントの力によって結局は救援され、物語を生き延びていきます。

伊佐も「馬」の主人公である僕も、それぞれの混乱の状況にあって、ディタッチメントの殻を被ってなんとか逃げようと試みます。彼らはむしろ自我を削り、隠し、他者に譲り渡すことによって生き延びようとするのです。「アメリカン・スクール」の伊佐は英語を喋りたくないばかりに、なんと日本語を喋ることすら放棄してしまいます。つまり生き延びるために、基本的なコミュニケーションの手段を放棄してしまうわけですね。そして「馬」の主人公の僕は意識そのものを放棄して、精神病院に向かって自ら歩き出します。そんな風に状況からさっさと遊離してしまおうとする彼らの襟首《えりくび》をつかまえて、なんとか現実に繋いでいるのが、「彼女たち」なのです。

なぜ彼女たちはそんなに強いのでしょう？

戦後だから靴下とならんで女が強くなったのでしょうか？　いや、とくにそういうわけでもなさそうです。それはもっと個人的な次元の問題です。僕が思うに、彼女たちが強いのは、簡単にいえば彼女たちがいくつかの顔を状況に応じて、相手に応じて使い分けられるからではないでしょうか。彼女たちは、

(A)の力に対しては女としてコケティッシュにおもねり
(B)の力に対しては妻のように従い
(C)主人公に対しては母のように支配し、赦《ゆる》し、受け入れます（まるっきり母的であるとはっきり決めつけるのではないのですが、かなりの割合でその関わり方は母的であると言うことができると思います）。

そう考えていくと彼女たちはある意味では、きわめて総合的な存在であると言っていいかもしれませんね。それがつまり彼女たちの強さです。現実的な強さと言ってもいいでしょう。おおまかにいってそのような図式の中で、話は進行していきます。僕が想像するにはオリジナルの作品「家」には、(A)の力は存在しても(B)の力は存在しなかったのではないでしょうか。そこに「馬」の部分つまり(B)を新たに付与することで、この短編小説は小島信夫の文学作品としての必然性と正当性をより明確に身につけることができたのではないかと、僕は思うのです。

Ⅱ

この作品における〈家〉の意味とはいったい何だろう、〈馬〉の意味とはいったい何だろうと考えていくことは、かなり面白い設問になるのではないかと想像します――とくに大学の文学部の教室なんかにおいては。そのような設問に対して、僕も作家の端くれとしていくつかの仮説をここに並べることができます。もちろんこれはあくまで仮説であって、仮説というのはあくまでゲームのようなものです。作品そのものとはあまり関係はありません。そう思って聞いていてください。

それでは設問。

設問1・この作品において〈家〉はどんな意味を持っているのでしょうか?

設問2・なぜトキ子は新しい家を建てなくてはならないのでしょう?

この主人公の家はかつて朝鮮軍司令官によって所有されていた土地の上に建っています。しかしその家は戦争中の空襲ですっかり焼けてしまって、あとには「実のならぬ柿の木」しか残っていません。これを戦争によって破壊された男権=父性的社会の表象として捉えることもおそらく可能でしょう(ちょっとイージーだけど、まあ……)。そして戦争のあとで、その破壊された父権制の空き地の上に、新たに家というシステムを構築するのは、一家の主人である「僕」ではなく、妻のトキ子です。彼女が一人でそれを計画し、イメージを確立し、大胆に実行に移します。トキ子は実際に大工たちに「ダンナ」と呼ばれています。そして彼女は職人たちに「戦争中を思わせる」ようにてきぱきと指示を与えています。現世的な力の象徴である大工の棟梁とも、見たところどうやら同等に渡り合っています。そのようなシステム構築作業を統御しているのはあくまでトキ子であり、「僕」はそこに何の展望も関わりも持っていません。棟梁とトキ子の関係から、主人公は完全にのけ者にされています。

しかしトキ子は決していわゆるフェミニズム的な見地から、男性的なるものを排除した新しい家を構築したわけではありません。彼女はそういう図式的な意味で、近代なるものをめざしているわけではありません。その証拠にトキ子はその近代的設備を備えた新しい家の中に、逞しい雄馬《おすうま》の五郎を象徴的に導入します。彼女はなぜそんなことをしなくてはならないのか？　なぜ馬なんてものが必要だったのか？　しかし五郎の存在意味についてはもっと後で考えます。今は純粋に〈家〉について考えていきましょう。

彼女はどうして無理に家を新築しなくてはならなかったのでしょう？

これが我々の前に提出されたひとつの大きな疑問です。語り手である夫は「僕は習慣上、長い会話をしたり、トキ子を追求してとことんまで疑念をはらしたりすることはないので」、なんとなく物事をうやむやにしてしまう傾向があるのですが（彼はもう長い間妻の目を見たことさえありません）、それにしても「なぜ家を建てるのか？」という疑問は読者に対して最後までうまく説明されません。トキ子は最初のうち「それはあなたが部屋をほしがっていたからよ」と適当にはぐらかして、夫である「僕」にうまく責任を押しつけます。しかしどうも、そればかりが家屋新築の最大の理由ではなさそうです。我々としてもトキ子の理屈をすんなり額面通りには受け取れない。

夫である「僕」は「家というものは、にんげんがこの世に生れてきた以上、神様がすっぽりと頭の上から一軒ずつ傘のように下してくれるべきものだというような妄想をいだいて」います。だから家という人為的な入れ物にはあまり興味が持てない。そりゃ自分の部屋はほしいけれども、そのためにこれ以上あくせく働きたくもないし、面倒をかけられたくもない。自分から進んで何かを引き受けるというタイプではないのです。しかしトキ子はそうではありません。彼女は家を建てることに情熱を燃やしています。そしてそのために夫を言いくるめ、叱咤激励し、脅し、誘惑し、とにかく馬車馬のように働かせます。

英語に、

A house is not a home.

という表現があります。もちろん「家を建てただけでは家庭はできない」ということですね。入れ物じゃなくて中身が大事なんだと。ところがトキ子は逆に、home という中身よりはむしろ house という入れ物そのものの概念の中に、人間関係のより大きな、より深い可能性を見ているようでもあります。home という想念（アイデア）はここではほとんどまったく取り上げられていない。まるでそんなものは必要ないみたいに見えます。それが僕にはすごく面白く感じられるのです。

読んでいただければわかるように、二人のあいだには子供はいません。そしてトキ子は天涯の孤児であると書かれています。また主人公である「僕」の親戚関係なんかも、ここでは一切触れられていない。彼と彼女はこの世界で二人きりで生きているみたいにも見えます。そういう意味では彼ら二人の関係は、「家庭」というよりはどちらかというより個人と個人とのあいだの「契約関係」みたいに見えます。そしてその契約をひとつのかたちとして具体的にささえているのは、主人公がかつて行った「愛情の告白」です。それが引っ込みのつかないひとつの「言質《げんち》」としてそこに存在し、何かことあるたびにトキ子は夫に向かって「だってあなたは私を愛しているって言ったじゃない」というようなことを持ち出します。ところがそれに対して「僕」は、返礼としてのトキ子からの愛情の告白を受け取っていない。これはどう考えてもちょっと不公平な、一方的な関係であるわけです。正当な男女の関係とは言いがたい——とまでは言わないまでも、いささか成り立ちとしていびつであることはたしかですね。

なぜトキ子が愛情の告白を返さないで保留し続けているのかという、もうひとつの疑問があるわけなのですが、僕が思うには、おそらく彼女にはそれを彼に対して返すことのできない何かの事情があったのでしょう。そこにはあるいは精神的なブロックのようなものがあったのかもしれない。妄想的な何かがひそんでいたのかもしれない。あるいはただ単に彼女は現実的なアドヴァンテージみたいなものがほしかったからかもしれませんが、しかしただそれだけではあるまい。もっと深い理由がありそうだ。この問題については、またあとであらためて考えてみたいと思います。

いずれにせよトキ子が家を建てるという作業は、彼女にとっての「僕」に対するひとつの愛情表現の行為ではなかったかと僕は考えるのです。もっと突っ込んで言うなら、男女間の愛の契約という概念を、「僕は君を愛している」「私もあなたを愛しています」といったような言辞の中にではなく、家屋というあくまで枠組的な物体の中に、あるいはまたその物体の形成プロセスの中に転移させようとしていたのではあるまいか。そういう意味においては、主人公「僕」が妄想的であるのと同じくらい、妻トキ子だってやはり妄想的であるわけですね。ただ彼女の場合は妄想がプラスの現世的コミットメントというかたちを取り、「僕」の場合はマイナスの遊離的ディタッチメントというかたちを取るわけです。だから二人はいわば互いの妄想を持ち寄ることによって、バランスのとれた関係を保っているとも言える。治療し合っているとも言える。そういう意味では「僕」とトキ子は似合いのカップルであるのかもしれない。

少なくとも彼女は二人の男女が夫婦として向かい合った関係＝契約状態を露《あらわ》にすることなく、その本質を別のものに――この場合は家を建てるという行為に――付託しようとしているように僕には思える。これはなんというか、男女の関係よりはむしろ母子関係に近いものではないのでしょうか。

いずれにせよ、主人公はそのようなトキ子の一連の行動を、一方的な「企み」として捉えます――それは実際にひとつの企みではあるわけですが。そして彼はそのような働きかけに対して、多くの局面でいちいちマイナスに反応し、驚くほど卑屈になります。いやむしろ、彼は他者の手になるそのような「企み」の中に巻き込まれて埋没することに、いつにない喜びのようなものを覚えているようにさえ見えます。なぜかといえばおそらく、その企みがより巨大であればあるほど、より巧妙で複雑であればあるほど、彼は何も考えなくていいからですね。そうなれば、自意識を放棄してしまえる正当な事由ができるからです。これは条理の見えない混乱と、企みのメカニズムの中に近代的自我のより鮮明な像を見いだしたフランツ・カフカの立場とはずいぶん違ったというか、対極をなす対応であるような気が、僕はするのです。反カフカ的というか、むしろ主人公は自我を不鮮明にすることで自己を防御しようとしているようにさえ思えます。つまり早い話、自分が朝起きて虫になっちゃっていたら、「おお、やったやった」と逆に喜んじゃうわけでしょう。このへんのユニークきわまりない防御的感覚は、やはり小島信夫独自なものでしょうね。

虫にならないまでも、たとえば主人公は人間であることを離れて、「犬のようになる」ことで、一種の解放を体験しているみたいです。「犬」のイメージはこの作品の中では馬に対立するひとつのモチーフになっているようです。

主人公は家の建築の進み具合を夜中にこっそりと見に行くのですが、妻に物音を聞きつけられて犬と間違われ、「シッシッ」とすげなく追い払われます。そして「僕」は「こんなことでは、ほんとに犬になってしまうぞ」と考え込んでしまいます。あるいはまた、最初のトキ子の話とは裏腹に二階建ての家ができあがっているのを眼前にして、彼は「あれ狂う犬のように」叫びながら家の中に飛び込んでトキ子を詰問します。しかしもはや人間ではない彼がいくら怒ったところで、トキ子に対して勝ち目がないことは、火を見るよりも明らかです。

トキ子はそのような「企み」の作業の最中にあって、混乱をきわめるどうしようもない「僕」と、より親密な関係を打ち立てていくように見えます。彼の混乱ぶり狂乱ぶりを、彼女はきわめてシステマティックに、きわめてクールに受け入れ、見事に鮮やかに処理していきます。まるで母親が子供を慰めたりあやしたり怒ったりするみたいに。あるいはそのような目的のために、家屋の新築作業はより挑発的に、より不条理に行われているのかもしれない……と思えるくらいです。もしそうだとすれば、おそらく主人公が危惧するように、この二番目の家が完成しても、話はそれで終わらないかもしれません。

「やがてトキ子は、僕が生きており、彼女が生きている限りは、そして、ここに庭の空地が残っている限りは、第三次、第四次計画をすすめるかもしれない」

ということです。

しかしそのような「企み」が本来的に正当な行為ではありえないことは明らかです。彼らは現実的には夫婦であり、成熟した男女の関係にあります。擬似的な母子関係ですべてを代行していくわけにはいかない。その結論は明瞭です。そして彼らの頭上には「結ばれなかった契約」という懸案が、ダモクレスの剣のように中途半端なままぶらさがっています。そのような擬似的代行作業にはやはり限界というものがあります。それにいくらトキ子だって、いつまでもいつまでも何軒も何軒も家を建て続けるわけにはいかないはずです。だからこそ彼女は、家が完成した時点で五郎という馬＝異物を家の中に導き入れることになります。ここからがつまり話の後半部になります。

なぜトキ子は馬を家に引き入れなくてはならなかったか?

彼女は夫に向かって、馬を下宿させることでこの家の建築費を賄っているのだと主張しますが、これはどう考えてもあまり説得力のない説明です。額面通りには受け取れない。もちろんこれはリアリズム小説ではありませんから、馬がやってきた本当の理由がどのようなものであれ、それが読者に対してここできちんと解明されなくてはならないというようなものではありません。多少筋が通らなくたってかまわないわけです。説明よりはむしろ馬がなぜここに導き入れられなくてはならなかったかという理由の方が大事なわけです。そこにいったいどのような小説的な動機がこめられていたのか、ということですね。

さて、ここからがまた僕の個人的な仮説です。

本質的には馬は、家の場合と同じように、トキ子の手によってひとつの妄想の装置として導入されているのだと思います。馬は実在します。それは現実のものです。しかし二人の家庭における「五郎という存在」は妄想に根ざしています。それは「僕」の妄想とトキ子の妄想を持ち寄って付託するためのひとつの装置なのではあるまいかと僕は考えます。彼ら二人のあいだには、今のところそのような存在がどうしても必要なのです。それが「結ばれなかった契約」の作り出す空白を埋める機能を果たします。

この話がわかりにくいというか、かなり厄介なのは、それが一人の人間の妄想ではなくて、二人の人間の持ち寄った妄想であるという点にあると僕は思うのです。どこまでが「僕」の妄想であり、どこからがトキ子の妄想なのかという境界線が、読んでいてもなかなか見えてこない。その二つの妄想はかなり大きな部分で重なり合って存在し、複合的に機能しているのです。僕らはこれをなんとかうまく解いてほぐして、仕分けしていかなくてはならない。

五郎はおそらくは夫である「僕」の、セクシュアルな装置としての役割を担っているはずです。本来なら言うまでもなく、それは「僕」という存在の中にすっぽりと収まっていなくてはならないはずのものなのだけれど、それが「母子関係」対「(不完全な)契約関係」という図式の中で、行き場を見つけられないまま立ち往生しているために、トキ子はそれを「外づけ」の装置としてそこに設置しなくてはならなかったわけです。そうすることによって、二人は関係の中途半端な部分を形式的に「保証する」ことができるわけです。そしてそれが故に、馬を収めるための部屋には、家の中のいちばん立派な部分があてられています。あるいはそうすることを求めたが故に、トキ子は家を新築したのだと言うこともできるかもしれませんね。すべてのごたごたはこの馬を家の中に導入するための儀式であったのだと。

トキ子は夢中になって馬をかわいがり、熱心にその世話をし、「僕」はそれに対して激しく嫉妬し反発しますが、結局のところ——それがどれくらい意識的に行われているのかはわかりませんが——トキ子が愛しているのは、あくまで馬というかたちをとった「僕」の一部なのです。「僕」の影なのです。彼女の妄想は「僕」のセクシュアルな部分を、あるいは二人のあいだのセクシュアルな関係を、五郎という外部装置に付託してコミットしているわけです。そうすることによってトキ子は妄想機能を「僕」と共有しようとします。しかしそれは「僕」にとっては耐えられないことです。「僕」は少なくとも半分はトキ子と契約関係を結んだ状態にあるし、五郎を自分の性的外部装置として認知した覚えはないわけですから。彼は妄想を共有することを通して妻とコミットすることに異議を唱えているわけではありません。しかし彼には、トキ子が求めるままに自分の存在をそれほど明確に分割させることはできません。当たり前のことですが、もしそんなことをしたら、自分という存在はやがては致命的に分裂し、破壊されてしまうでしょう。

「僕」は例によって混乱します。おかげで彼の分裂状態はより顕著になります。彼は馬が妻の寝室をノックし、「奥さん、奥さん、あけて下さい」と人間の声で語っているのを耳にします。トキ子の寝室のドアをノックし、交情を迫っているのはおそらく「馬」という外部装置を使った「僕」自身であるはずです。主人公もそのことは漠然と認知しています。自分が「妄想装置」という大きな企みの中に置かれていることをひしひしと感じています。

「僕が他人の影だと思ったのが、僕の姿だということがあった以上、馬のあの話声は、僕に外ならないかも知れない」と彼は認識します。彼は心の底でそのような自分の分裂を感じてはいるのです。そしてそのような分裂がトキ子の「企み」によってもたらされたものであるということも。

彼の手にはふたつの選択肢が与えられています。ひとつはそのトキ子の企みを受け入れ、やがては破壊されて、精神病院に入ること。もうひとつは敢然とその企み＝妄想装置に戦いを挑むことです。最後に彼は立ち上がり、五郎に向かって戦いを挑む道を選びます。乾坤一擲《けんこんいってき》、ここでひとつ雌雄を決してやろうじゃないかというわけです。しかしそれはある意味では自分の影との戦いであり競争です。それはタフな戦いですが、いつ果てるともない、どこにもたどり着くことのできない不毛な戦いです。人はどれだけ早く走ったところで、自分の影に勝てるわけはないのです。

結局のところ彼はそれに敗れ、傷つき、敗北を認めた上で自ら進んで精神病院に入ろうとします。しかしそれをトキ子が追ってきて、押し止めます。そうです、彼は負けてはいなかったのです。彼が最後に戦いを挑んだことによって、おそらくトキ子の仕掛けた妄想の装置は呪文を解かれたのです。ちょうどオペラ「魔笛」の主人公がいくつかの与えられた試練をくぐり抜けて、その結果高いステージに達するようにです。ここはすごくいい場面です。そしてそのときにトキ子が口にする言葉はなかなか奇妙で、象徴的です。

「あなたは私を愛しているんでしょ。私のいう通りにしていればいいの、あなたはだんだんよくなるの。このあたりで、あんな二階のある家がどこにあって？　あなたがいやならば私が出て行くわ……私はホントはあなたを愛しているのよ。私のような女がいなければ、あなたはまともになれないの、ねえ分って？」（傍点村上）

トキ子は、

⑴夫が自分を愛していることと

⑵自分が夫を愛していることと

⑶その家が立派な二階建ての家であること

の三点をほとんど並列に置いています。なぜならそれはトキ子の中ではすべて等価に結びついていた観念だからです。彼女は⑴と⑵を、どうしても⑶という立派な屋根の中に収めなくてはならなかったのです。そうすることによって初めて、彼女にとってものごとは均衡の関係を保つことができたのです。そのような意味においては、この時点においては、彼女の妄想はまだ完全には解かれていないのかもしれません。しかし土壇場の瞬間に「私はホントはあなたを愛しているのよ」と彼女が口にしたことによって、二人は初めて出発点に立てたのだと言えるのではないでしょうか。擬似的母子関係から、成熟した男女の関係に至る道程の出発点に。僕はそのような意味あいで、この「馬」という作品をひとつの「癒《いや》し」の物語であると捉えるのです。

さて、僕は前になぜトキ子がそれまで夫に向かって「愛している」と言えなかったのか、という設問を提出しました。それについて、ここでもう一度考えてみたいと思います。どうして彼女は「愛している」と夫に言えなかったのでしょう？　そしてまたどうして「僕」はトキ子にその明言化をきっちりと迫らなかったのでしょう？

僕はこう思うのです。

おそらく契約を明言化することによって、互いに裸で正面から向かい合うことによって、様々な傷口や自己矛盾が白日のもとに明らかになることを、彼ら二人は恐れていたのではないでしょうか。だから二人は、〈家〉や〈馬〉という別の存在に、そのような妄想的外部装置に、自分たちの感情や欲望を付託しないことには、その契約をうまく有効化することができなかったのです。自分を分裂化したり妄想化したりしないことには、そのような「明確に与え、明確に受け取る」契約状態に耐えていくことができなかったのです。

でも彼らを異常な夫婦だと断言することが果たして誰にできるでしょう？　そのようないびつな関係を結んで生きているのは、何も彼らだけではあるまいと僕は思うのです。彼らと同じような生活を送っている人々は、ひょっとしたらあなたのまわりにもいるかもしれません。たとえば「子供」とか「世間」とかいった妄想装置に寄り掛かって、ただ単に同じ屋根の下で顔を合わせて暮らしているというだけの夫婦なんかが……。

しかしそれにしても、

このあたりで、あんな二階のある家がどこにあって？

というトキ子の台詞は何ともいえずいいですね。僕はこの一行がとても好きです。凡百の作家にはちょっとこれは書けないんじゃないか。何かこう、ぐっと迫るものがある。それまではとんでもないはねっかえりの、身勝手で強引な奥さんに見えていたトキ子の、可愛らしさやパセティックな心根が読者につたわってくる。このトキ子の「二階建て」の一言があるとないとでは、小説の重みがずいぶん違ってくるような気がします。「僕」とトキ子がこれからあとどのような運命を辿ることになるのか、我々にはもちろんわかりません。しかしこの話を「癒しと赦しの物語」として受けとめるなら、その発展したかたちを、我々はより大きくより明確に、長編小説「抱擁家族」の中に認めることができると思います。僕はこの作品を七回か八回読んだのですが、本当に面白い魅力的な小説です。多面的というか、とんでもない話というか、何度読んでもいちいち違う読み方ができる。

小島信夫という作家の創作姿勢を例によってエゴとセルフについての簡単な図式にしてみると、次のようになると僕は思います。

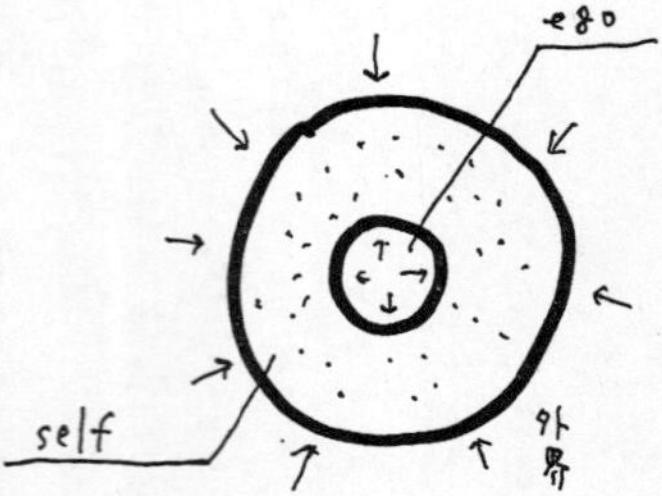

(一般的な状態)

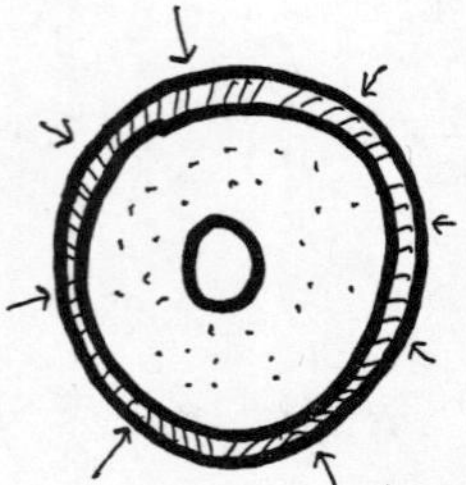

外壁をもうけることによって
自我を平穏化する
(小島式)

主人公たちは自分の台詞のまわりに強固な外壁を築き上げようとします。そのことによって外部からの圧力を遮断し、外部からの力を排除することによって、内部（エゴ）からの力を鎮めようとします。中国人が万里の長城によって外敵の侵入を防ごうとしたのと同じように。しかし外部からの力はその壁をところどころで崩していきます。主人公は走り回ってなんとかその裂け目を補修しようとします。その動きの滑稽さが、小島信夫の小説のパセティックでラディカルな――そしてときにはスラップスティック的な――おかしさではあるまいかと僕は思うのです。そしてあなたにも私にも、そのようなコメディーを簡単に笑いとばすことはできないのではないでしょうか？

次回は安岡章太郎の「ガラスの靴」を読みたいと思います。

安岡章太郎「ガラスの靴」

I

　安岡章太郎は短編小説のうまさに定評があるだけに、何をテキストに選ぼうかずいぶん迷ったのですが、結局処女作（あるいはデビュー作というべきか）の「ガラスの靴」に落ちつきました。その第一の理由は、僕が手にとって読んだ最初の安岡作品が、この「ガラスの靴」だったからです。いつだったかは忘れましたが、最初にこれを読んだときに非常に感心した記憶があります。とても新鮮で、なおかつ巧妙な小説だという印象を受けた。そしてその印象は今読み直しても、いささかも変わりません。その少しあとで書かれた「悪い仲間」や「陰気な愉しみ」なんかも優れた作品で、個人的にはすごく好きなのですが、どれかひとつということになると、そのような思い入れもあって、やはりこの「ガラスの靴」を選んでしまいます。

　選択の第二の理由としては、この「ガラスの靴」という短い作品の中に、安岡章太郎という作家の原型がありありと、みごとに現出していると僕は思うからです。そしてそこに提出されているものの、ある部分は歳月をかけて進化発展していき、べつの部分は歳月をかけて退化消滅していきます。僕らはこの作品を詳しく読み込むことによって、それをひとつひとつ検証していくことができます。安岡章太郎のそれ以降の展開にとって、「ガラスの靴」という作品に提出されたものの中で、いったい何が必要であり、何が必要ではなかったのかを知ることができます。

作家の処女作には、多かれ少なかれそういう部分があります。最初は「活字になったらもうけもの」という感じで、余計なことはなにも考えずにただひたすら持ち札を並べて書くから、そこには一回性の捨て身の潔《いさぎよ》さみたいなものが漂うことが多いのです。でもそれでなんとかうまく成功をおさめて、これからはプロとして（あるいはセミプロとして）習慣的に継続的に小説を書き続けなくてはならないとなると、そんなことばかりいつまでも続けているわけにはいきません。それではとても身がもたない。手法やテーマやスタイルの面で、取捨選択がある程度必要になってきます。

つまりあまり良い表現ではないけれど、作家としての「経営方針」の決定を迫られるわけです。「この部分はもっと拡大して伸ばしていける」「これは一回ならいいけれど、いつもやるのはちょっときつい」というようなことを識別していかなくてはならない。これはおそらくたいていの作家が、意識的にせよ無意識的にせよ、やっていることだろうと思います。逆に言えば、これがうまくできなければプロにはなれないんじゃないかと。

安岡章太郎がこの処女作を発表したのは、三十歳のときです。長い戦争があり（彼は学生の時に兵隊に取られて中国に送られています）、また戦後の混乱があって、そのあいだに病床に伏すことにもなりました。そのような事情から小説家としてのデビューが遅れたのでしょうが、実を言うと僕が作家としてデビューしたのもちょうど三十歳になった年で、そういうこともあってこの作品にいささかの個人的親近感を覚えてしまうのかもしれません。なにも僕の「風の歌を聴け」という処女作と、安岡氏の「ガラスの靴」に似たところがあると言っているわけではありません。しかし、僕がこういう言い方をするのはいささか僭越かもしれませんが、この小説を書いた時の作者の心持ちのようなものが、なんとなくわかるような気がするのです。それからこれはそんなにたいしたことじゃないかもしれないけれど、僕もこの人と同じ一人っ子で、そのせいか、この人の対象との距離の取り方が、なにか自然に理解できるところがある。誰かが「一人っ子は一人っ子であるだけで、既にひとつの病である」というようなことを言っていたけれど、それはそうかもしれないなと思わされるところがあります。

三十歳になる、というのは経験した人ならわかるだろうと思うのですが、雰囲気的に人生の一つ上の階に行くということなのですね。自分がもういつまでも若くはないのだということを、そこで否《いや》が応でも認識させられます。それは階段の踊り場に出るというか、ひとつの節目みたいなものなのです。もっと平ったく言えば、「青春は終わった」という感じですね。そこで僕らは——少なくとも僕はそうだったということですが——それをひとつのかたちにして残しておきたいと思う。それをありありと記録できるうちに、記録しておきたいと思う。僕の場合、その気持ちが自分の中でどんどん高まっていって、それが「小説」というかたちになったと思うのです。「やむにやまれず」という部分が大きかったような気がします。

でも、さあ書こうと思って机に向かっても、実際に何を書けばいいのかというと、それがよくわからない。たとえば「自分は若かったんだ」という事実を、ひとつの証言として書こうとしても、それはあまりにも大きな主題であって、とてもそのままのかたちで小説になんかできない。もしできたとしても、それはリアリティーを欠いた、すごく薄っぺらなものになってしまうでしょう。じゃあ、僕らはそこで何をするかというと、そのかわりにひとつのファンタジーをでっちあげるわけです。つまりいくつかの重い事実の集積を、ひとつの「夢みたいな作り話」にとりかえてしまうのです。空中庭園みたいにふっと地上から浮き上がらせてしまうわけです。そうすることによって、ようやくその物語は、僕らの手に負えるものになる。そのリアリティーは僕らの手の届くものになる。

僕らはその小説を書き上げ、「これは現実じゃありません。でも現実じゃないという事実によって、それはより現実的であり、より切実なのです」と言うことができます。そしてそのような工程を通して初めて、それを受け取る側も（つまり読者も）、自分の抱えている現実の証言をそのファンタジーに付託することができるわけです。言い換えれば幻想を共有することができるのです。それが要するに物語の力だと僕は思っています。

安岡章太郎は「いくつかの細かい断片を持ち寄って、それらを組み合わせて、この話を書いた。なんでもない話のように見えるのだが、それらを組み合わせるのにずいぶん手間取った」というようなことを述べていたと記憶していますが、おそらく実際にその通りだったのでしょう。そういう意味での綿密なファンタジー化が行われている。原風景というのは、いわば比喩的に、他の風景を通してしか語り得ないものではないかと、僕は思うのです。この作品の中に比喩がきわめて多く用いられているのも、たぶんそのせいではないでしょうか。

比喩というのはごく簡単に言ってしまえば、「他者への付託を通して行われるイメージの共有化」なのです。これは多くの人々がそろって指摘することですが、安岡氏の用いる比喩は非常にうまく痛快です。それはひとつの独自の世界を作り出し、読者を易々《やすやす》とその世界の中に引きずり込んでしまう。しかもそれは象徴とかメタファーとかではなくて、純粋に物理的なイメージです。ややこしいことは何も考えなくていい。読者はただ「はあ、なるほど」と感心してそれを受け入れればいいだけのことです。そして知らず知らずのうちに、読者は作者の提出する世界の中に引き込まれていってしまう。この作品の中でも、その作用は見事に有効に機能しています。文体に関して言えば、彼のスタイルは処女作においてほぼ完全に完成しているとも言える。

乱暴に言い切ってしまえば、安岡章太郎の小説の見事さは「その付託の巧妙さ、芸術性」にあるのではあるまいかとさえ僕は感じるのです。安岡章太郎の作品を「私小説」のひとつの変形として捉える人もいますが、僕としては、むしろ逆の方向から彼の作品を取り上げていった方が、その道筋がよりすっきりと見渡せるのではないかという気がします。彼はその題材としてほとんどの場合、自分の身に実際に起こったことを取り上げてはいますが、決して私小説的な「自己の無作為性」をめざしていたわけではない。小説イコール世界という状況を希求していたわけでもない。

安岡氏は初期の様々な短編小説の中で、自分を「弱者」として規定して小説を作り上げているわけですが、よくよく読んでみると、主人公たちは弱者でもなんでもない。彼らはただ単に「外から見れば、客観的には弱い立場に見える」というところにいるに過ぎないわけです。それは従来の私小説的弱者とはまったく違ったものです。作者は計算してその弱者的立場を誇張しているのです。非常に意識的であり作為的です。

生徒A　伊藤整が私小説作家を「社会の逃亡奴隷だ」と定義していたと思うのですが、初期の作品を読んでいると、安岡章太郎はその図式の構造だけを取り出して、巧く利用しているようにさえ見えますね。外見的にそのような伝統的立場に、とりあえず自分の身を置いておくというか。

そうですね。それはたしかですね。そしてたしかにそれは最初のうちは非常にうまく機能する。不思議な種類の破壊力をさえ身につけることになる。しかし彼が小説家として地歩を固め、評価が高まってくるにつれて、その弱者性はだんだん説得力を失ってくる。少なくとも初期のものほどは身に沁みてはこなくなる。それは当然といえば当然のことですね。その手法が成功するということは、とりもなおさず小説家としての評価が高まり、社会的な地位も上がるわけだから。どれだけ自分は弱者だと言っても、現実的には弱者ではなくなってくる。作為性が表面に出てきてしまうようになる。

僕はそういう意味における安岡章太郎の最高点はやはり「海辺の光景」になると思います。ここでの安岡章太郎はもはや弱者ではなくなっている。いちおう功なり名を遂げており、いささか困ってはいるけれど、弱者ではない。しかし彼は最期に母親に拒絶されることで（呼びかけの対象として父親を選び取られることで）、弱者とか強者とかいった分別を越えた地点にまでさあっと運ばれてしまう。この部分は小説として非常に説得力がある。だからこそ最後に海底から現れる黒々とした杭がリアルな力を持って、僕らにぐいぐいと迫ってくることになるのです。ここで安岡章太郎はひとつ上のステージにまで達している。強さと弱さのバランスが彼の中で見事な均衡をとってひとつの小説に結実している。

でもこの均衡はあまりにも微妙なもので、長くは続かない。そのあと安岡氏は別の創作スタイルを模索し(簡単に言えば小説的演技性を放棄して、自然体の語りの文章世界に入っている)、それはもちろん高く評価されているのですが(近作の「果てもない道中記」はとてもおもしろかった)、それはここで取り上げる作品の系譜とは少し別の種類のものになるので、あえて深くは触れません。僕は「海辺の光景」にたどり着くまでのラインの出発点として、この「ガラスの靴」を読んでみたいと思います。

主人公の「ぼく」は昼間は大学に通い、夜は銃砲店で夜警のような仕事をしています。しかし夜警とはいっても何かとくべつなことをするわけではなく、そこで一人で時間を潰しているだけです。かといって大学で身を入れて勉強をしているのでもない。明確な目的もなく、ただぶらぶらと日々を過ごしています。そういった感じは僕らにもよくわかりますね。バイトに身を入れるでもなく、勉強も面白くないしな……というところです。よくある話です。

ところがある日、彼は悦子という不思議な娘に巡り会います。彼女は決して美人ではない。どっちかというと浮世離れした変な女の子です。しかし彼はどういうわけか悦子に惹かれて、彼女から離れられなくなってしまいます。悦子は原宿にある米軍（当時は占領軍です）のハウスでメイドをやっているのですが、主人のクレイゴー中佐は夏の休暇をとって海外に行ってしまっている。悦子が一人で留守番をしています。「ぼく」は毎日そこに遊びに行って、二人で他愛もない遊びに耽《ふけ》ります。二人はここが自分たちの家であるみたいに仮想して、その仮想現実の上で遊戯を続けているのです。時代は敗戦間もない頃ですから、日本はまだまだ貧しいのだけれど、そのような外の現実とは無縁に、この家の中には贅沢な食料品が溢れ返っている。

「ぼく」は悦子に男性としての意識を抱き、結ばれたいと思っているのですが、悦子の方は遊ぶのに夢中で、そんなことはとくに頭にないみたいです。でも遊ぶ相手が欲しいからか、それともそれも遊びの一部であるからなのか、「ぼく」にキスをさせたりはします。それで「ぼく」はいったい何がどうなっているのか、まるで判断することができなくなってしまう。もんもんとしてしまう。これもまあよくあることですね。

しかしそうこうしているうちに、クレイゴー中佐の夏の休暇が終わる日がだんだん近づいてくる。「ぼく」は当然困ってしまいます。クレイゴー中佐が帰ってきたら、もう悦子の家（ではなくて実際にはクレイゴー中佐の家なのだけれど）に毎日遊びにいくことができなくなってしまう。でも気ばかり焦っても、現実的には何もできない。どうしようどうしようと考えているうちに、予定より早く中佐は帰ってきます。これで万事休すです。

しかし「ぼく」がいつものように銃砲店で夜中に一人で店番をしていると、そこに何の前触れもなく悦子がやってくる。僕は驚きつつも、ソファの上で彼女を抱こうとします。でも悦子はそれをあっさりとはねつける。彼女はここにいたってもまだ「新しい遊戯」を求めているのです。でも「ぼく」には、もう遊戯のための時間は終わってしまっているのだということがわかっています。

悦子は去り、短い夏は去り、「ぼく」はまた一人ぼっちになります。そして一人でじっと受話器を耳に当てて、そこから何かの音なり信号なりを聞き取ろうとしています。

さて僕はさきほどこの「ガラスの靴」をファンタジーだと言いましたが、更に言うならば、これはきわめて切羽詰まったファンタジーです。どうして切羽詰まっているかというと、作者はこの作品の中で「我々はどれだけ遠くまで現実から逃げられるか」ということを、ひとつの大きなテーマにしているからです。ファンタジーというものがそもそも「現実から遠ざかる」ことを目的としているわけなのですが、作者はとくにそれを明確に意識に置いて、この物語を書いているように思えます。そしてもちろんそのようなストラクチャーに、自分自身の生きてきた軌跡のようなものを比喩的に付託している。

この作品に出てくる悦子という人は、どうやら現実の世界から意識が離れてしまっているようです。頭がおかしいとまでは言わないけれど、いささかずれています。その境界線がよく見えてこないので、主人公の「ぼく」も混乱するし、読者である我々も読みながら首をひねることになります。それはたしかに彼女の演技のようでもあるし、同時に本当にずれているみたいにも見える。僕に言わせれば世間の若い女性の八五パーセントまではみんな頭がずれているようなものだけれど（これはあくまで村上個人の見解なので数字の根拠は不明確です）、それでもこの悦子は更にちょっとおかしい。トルーマン・カポーティの「ティファニーで朝食を」に出てくる、都会の放浪の妖精ホリー・ゴライトリーを髣髴《ほうふつ》とさせる。でも悦子は、ホリー・ゴライトリーのようにそれをひとつのポジティブなメッセージとしてまわりに振りまいたりはしない。彼女の場合はもっと個人的であり、そこにはもっと病的なものが含まれているように思えます。

しかし主人公の「ぼく」はそうではない。彼は彼なりの必要があって、意識的に現実から遠ざかろうとしているだけなのです。そのように懸命に演技しているだけなのです（あるいはそれは安岡章太郎自身の、小説家としての演技性に呼応しているといっていいかもしれない）。だからこそ「ぼく」は、自然体としてそれをやってしまっている悦子に理不尽なくらい惹かれてしまうわけです。しかしそれと同時に彼は、心の底で「悦子みたいになったらおしまいだ」という意識も持っている。彼としてはそっちの世界には惹かれるものの、自分がまるごとそっちの世界に移ってしまうのは不可能だということがちゃんとわかっている。だからこそ彼は「キャッチ22」的千日手（出口のない堂々めぐり）にはまりこむことになってしまうのです。

簡単に言えばこうです。

（1）「ぼく」は現実を離れた悦子に惹かれ、彼女を追いかけている。追いかけないわけにはいかない。

（2）しかし「ぼく」が悦子に追いついてしまえば、「ぼく」は彼女を現実化してしまうことになる。現実化された悦子は、「ぼく」の求める悦子ではない。

（3）しかし「ぼく」がひとたび悦子を追いかけるのをやめたら、今度は現実が単純に「ぼく」に追いついてしまう。

そこに「ぼく」の苛立ちと混乱の根本的な原因があります。彼の置かれた状況は、出口のない暫定的な世界なのです。そしてこのようなぬめぬめとした捉えようのない苛立ちと混乱は、長いあいだにわたって安岡章太郎の小説にとっての大事なモチーフとなり、その紛《まぎ》れもない刻印となります。

たとえば「悪い仲間」においては、高校生の不良仲間の悪行が同じような役割を果たしています。彼らはどんどん悪行（といっても他愛のないものなのですが）のボルテージを高めて行きますが、それが自分たちをどこにも運んでいかないことを承知しています。しかしそうする以外に——ゲームの賭け金を破滅的にどんどん高めていく以外に——彼らには取るべき道もないのです。もしここでそれを止めたら、彼らはすぐにでもおぞましい現実の中にすっぽりと呑み込まれていってしまうからです。やめたくても今更やめることができないのです。

それはいわば出口のないゲームです。しかし出口はなくても、そこにはちゃんと終わりはあります。それは物理的なタイムアップです。安岡章太郎の主人公たちは多くの場合、自分からは進んでどこにも行けないまま、徐々に迫り来る時間切れを待っています。それはよその世界からひとつの強制としてやってくる制度に過ぎないし、主人公たちはその制度を忌み嫌っています。しかしそうはいうものの心の底で彼らは、そのタイムアップの到来を密《ひそ》かに求めているようです。そうなれば、結果の好き嫌いはともあれ、もう何も考えなくていいからです。何も判断しないでいいからです。

「ガラスの靴」にもタイムアップの枠はちゃんとあります。それはクレイゴー中佐が長期休暇から帰還する夏の終わりです。中佐が帰ってくれば、「ぼく」と悦子のそのような遊戯的な関係はそこで終了してしまいます。厳然たる「外側の」現実が一つの制度としてやってきて、「ぼく」と悦子とが密かに作り上げている共同ファンタジーを成立不可能なものにしてしまいます。もちろん「ぼく」はその日がやってくるのを怯《おび》えています。「ぼく」は今自分が手にしているそのファンタジーを失いたくない。しかしそれと同時に、「ぼく」はその日の到来を内心、心待ちにしてもいるのです。

この辺の「ぼく」の内部の意識の引っ張り合いの描写はとても見事です。非常に抑制のきいたうまい文章です。書きすぎてもいないし、書き漏らしもない。もちろんそれは安岡章太郎の文章家としての能力のたまものなのだろうけれど、それとは別に、そのような千日手的な状況や心情は、作者にとってきわめて切実であり、重要なものであったのでしょう。だからこそ、これほどリアルに適切に描き切れたのでしょう。一見してすらすらと軽快に書かれてはいるけれど、そこに託された思いはかなり痛切であり、真剣です。

Ⅱ

あと安岡章太郎の小説でしばしば指摘されるのは、「太った女と、痩せた女」の問題です。彼の小説にはしばしば太った女と痩せた女というパターンが登場します。多くの場合、主人公は痩せた女を追いかけ、痩せた女は逃げます。一方太った女は主人公のあとを追いかけ、主人公は逃げます。この二つのタイプの女性たちは、物語の中で見事な対照を描き出しています。太った女は肉体を持った（あるいは過度に持ちすぎた）現実であり、痩せた女は肉体を欠いた非現実の象徴と言ってもいいでしょう。彼はいつも痩せた女という形をとった非現実を追い求めるのですが、最後には太った女という現実にぬるぬるとからめ取られてしまいます。太った女は多くの場合、母親の像に帰結します。しかし「ガラスの靴」には、お読みになればわかるように、太った女の存在がありません。僕はその事実がこの作品に、ほかの安岡作品にはあまり見受けられない種類のきりっとした透明感を与えていると思うのです。物語において現実的強制を引き受けるのは、クレイゴー中佐という父権的な人物です。そのせいで、この「ガラスの靴」という作品はぬるぬるが不足している。僕はそこにむしろ惹かれる。

しかし作者にとっては、あるいはこの透明さは居心地の悪いものだったのかもしれない。だからそれ以降の作品には、「太った女」的な、より具体的にぬるぬるしたキャラクターなりファクターなりが、より多く登場するようになります。おそらくそうしないことには、作者にとっての小説的拮抗《きっこう》が浮かび上がってこなかったのでしょう。もっと突っ込んで言うなら、作者にとっては父権的な存在よりは母権的な存在のもたらす強制が、より切実であり、より重要であったのではあるまいか。だからこそ安岡章太郎が作家としての切実性を追求していくときには、「太った女」の意味をずるずると引っぱり出してこないわけにはいかなかったのではないか。

それはそれで僕は見事な小説的展開だと思います。そして前にも述べたように、その方向の展開は「海辺の光景」という作品で一つのピークを迎えることになります。しかし繰り返すようですが、「ガラスの靴」にある、この鋭利な「切羽詰まった」透明感というのも、僕としては捨てがたいのです。

また自分の話になって恐縮なのですが、僕は処女作である「風の歌を聴け」の中で家族というものを一切出してこなかった。そういうものが出てくると、僕の描きたい世界が阻害されて損なわれてしまうような気がしたからです。僕は具体的な「外なる現実」を極力省いて、その後の部分だけを使って小説を書こうと思ったのです。その方が自分にとってより切実なものが書けそうな気がした。同じようなことがこの「ガラスの靴」においても、ある程度言えるのではないかと感じています。「ガラスの靴」では主人公の「ぼく」がどんな育ち方をして、これまで何をしてきたのか、まったく描かれてはいない。たとえば（あくまでたとえばですが）「父親が職業軍人で、母親が過保護気味で、自分は一人っ子で」なんてことは一行も書かれてはいない。背景になっている時代は戦後間もなくだけれど、彼が戦争のときに何をしていたかも説明されていない。つまり前と後ろとが——後年の安岡作品においては重要な役割を果たすことになる諸要素が——すっぱりと潔く切られてしまっているのです。肉的な連結の要素がみごとに排除されている。

でももちろん、それだけの構図でいつまでも小説を書き続けていくのは簡単ではなかったでしょう。そればかり続けていたら、小説はおそらくだんだん痩せていってしまうでしょう。だからこそ安岡氏はそれ以外の「外にある」生身の現実を、前後の関わりを、小説の中にずるずると引き込んでいかざるをえなくなっていくわけです。

僕（村上）に関して言えば、僕はそれをやりたくなかった。どこまでも実際の現実を外に放り出したまま、小説を書いていきたかった。「物語＝ファンタジー」の世界をもっと先まで追求してみたかった。どちらが良い悪い、正しい正しくないではなくてです。そういう意味では、僕と安岡氏とでは小説の書き方も、小説観も大きく異なっていると思うのです。しかし今回「ガラスの靴」を読み返してみて、「ここにはそもそも通底した部分がかなりあったのではないか」という気がふとしました。もちろん僕の処女作は安岡氏の処女作の完成ぶりに比べたら、まったくお粗末なものですが。

生徒B　肉親の出てこない初期の安岡さんの作品には、具体的に現実に追いかけられるのではなくて、何かから逃げていく安岡さんの姿だけがきりっと透明に透けて見えるという印象が強いように感じます。

そうですね。肉親が出てくるか出てこないかで、安岡氏の小説のあり方は大きく違ってくるようです。具体的に肉親が出てくると、リアリティーが強くなって、透明感が薄れてきます。ぬるぬる度が高まってくる。

あと僕が安岡氏の作品に関していつも印象深く感じるのは、その食料品の描き方です。安岡氏の描く食料品には何かしら「肉的」な意味が込められているみたいに見える。たとえば「ガラスの靴」にはこんな描写があります。

「食糧品店で、僕は不意打ちの戸惑いを感じた。軒先からぶら下った大きな塩漬けの魚やソーセージ、その他いたるところにギッシリつまった食い物の壁が、四方から僕を包囲して、圧倒された。雑沓《ざっとう》の中にナマナマしくさらされた食い物を見ると、僕はソースをかけた靴を皿に入れて目の前におかれたように、まごついた。……こんなことは悦子と知りあうまでは感じたことがなかった」

それから「陰気な愉しみ」の中にもこれに似た部分があります。引用してみます。

「……ぶらぶらブラ下っている艶のいいソーセージ、霜を置いたパイプを枕にセロリやサラダの葉を着せられて横たわっている骨つきハム。それらを私はじっくりと眺めるのだ。いつまでもいつまでも、分厚いガラスが溶けそうになるほどながめる。すると、あざやかな断面に白い骨とうす桃色の肉をみせたハムや、はちきれそうに詰まったソーセージが、むくむくと脂ぎった肉塊に生命力をふきこまれて、たったいま切断されたばかりの胴や胸のようにみえてくる。突然、彼等は動き出す。堂々と私の眼前に立ちふさがり、あるいはブランコにのって私の鼻先をかすめて通る。この時、私は何とも云えない快感をおぼえるのだ、……貧弱な私の胃袋が驚き怖れてちぢみ上ることに」

引用部分を読んでいただければわかるように、これらの食料品の描写はきわめてセクシュアルなイメージを持っています。たとえば「陰気な愉しみ」なんて始めから終わりまでなんだか元気のない話なんだけれど、この食料品の部分だけがやたら生き生きしている。この部分が作品全体の中でいちばん肉感的であり、情欲的でもあるんですね。そして僕らは安岡氏の小説に出てくる女性の——たとえば悦子の——描写よりは、これらの食料品のイメージの方がよっぽどセクシーじゃないかと考えてしまうのです。こう言ってしまうとあるいは言い過ぎかもしれないけれど、安岡氏の小説にはどこかしら生身の肉をするっと避けようとする部分があるように僕には思える。「肉的な」食料品の群が比喩的に、何故か主人公たちをひどくおびえさせるようにです。食べ物と情欲とは、肉的な「業《ごう》」という部分できっちりと連結しているように見えます。
僕は基本的に、安易な精神分析みたいなことはしたくないけれど、そのような連結の中に、近親相姦的なものに対する根元的なおびえのようなものが、なにか感じられてならないのです。

生徒B 「ジングルベル」の中にも鰻丼《うなどん》が出てきますが、あれもなんだか性欲的な感じがしました。

そういえば鰻丼出てきましたね。それも主人公は鰻丼が好きじゃないのに、どうしてか出来心でふっと鰻丼を頼んでしまって、あとで「どうしようか」ってうじうじと悩むんですね（笑）。本来避けなくてはいけないはずのものなのに、この場合は、自分からぶつかっていってしまう。
このような、肉をするっと本能的に避けようとする——あるいは異物としてどこか見えないところにさっと押しやろうとする——安岡章太郎の傾向は、ついつい宿命的に「肉」方面に向かってしまう吉行淳之介の傾向とは好対照を描いているように感じられます。たとえば「質屋の女房」――これは一人の学生が定期的に質屋に通ううちに、その奥さんに知らず知らず惹かれていって、最後に成りゆきで肉体関係を持つ話なのだけれど――短編小説としてとてもうまく書かれているにもかかわらず、そこにあるはずの肉欲がちっとも肉欲に感じられない。その肉欲は生きて呼吸してはいない。肉はそこにあるのだけれど、あるだけで、自然にぶれたり動いたりしない。吉行淳之介の小説みたいに、その肉のぶれが作品を自発的に揺り動かして前に進めていくということがない。

もちろん、だからこの「質屋の女房」という作品が弱いというふうに言っているわけではなくて、安岡章太郎の作品には傾向的に避けがたくそういうところがあるのではないかということを、僕は言いたいのです。自分の内側から押し上げてくる肉の激しい力を、無意識的に見まい認めまいという力が、作用しているみたいに感じられる。だから質屋の奥さんの肉欲よりは、むしろ食料品の描写の方が比喩的に、肉としての迫力を持って読者に迫ってくるのです。それはもちろん安岡章太郎という作家の独自の持ち味であって、良い悪いではない。それをどこにどのように芸術的に付託していくか、というのが大きな問題になってくるわけです。その付託がどれくらいの必然性と切実さをもっているかという一点で、個々の作品の軽重が大きく変わってくる。

生徒C　僕はこの「ガラスの靴」という作品を初めて読んだんですが、ずいぶん昔に書かれたものなのに、少しも古さを感じさせないことにびっくりしました。今書かれたものとして読んでも、ほとんど違和感はありませんね。いったいこれはどうしてなんでしょう?

いったいどうしてなんでしょうね。……それはこの作品が一見して風俗的に書かれていながら、結果的に風俗にはまったく流されていないということが大きかったと、僕は思うんです。「ガラスの靴」においては、いろんな小説的な背景を、作者は「これはただの書き割りだ」と頭から割り切って書いているようです。舞台装置にべたっとよりかかっていない。たとえば舞台は原宿付近の瀟洒《しょうしゃ》な米軍接収住宅、そこにある食べ物はジエロ・パイ、近くには「紀ノ国屋」みたいな高級食料品店がある。主人公が働いているのは銃砲店で、ライフル銃とかデコイなんかがずらっと並べられている。そこには生活の匂いみたいなのは一切ありません。それらはみんな一過性の借り物であって、ぺらぺらのベニヤ板でできた幻想に過ぎないわけですが、それらを書き割りとしてきちっと見切ることによって、作者はこの作品をひとつの純粋なファンタジーに仕上げることに成功しているわけですね。そしてそればかりではなく、そこにはちゃんと戦後の社会の危うさ、都市の虚構性みたいなものも手抜かりなく刷り込まれている。

僕はそのような「書き割り」が頭の中にできあがったときに、「これだ!」という手応えが作者の中にぱっとあったと思うんです。これだけあればあとはなんとでもなるだろう、みたいな。この「ガラスの靴」という作品には、そういう処女作的な「一発勝負」という、狙いすました気合いが満ちているように僕には思えます。そしてこの小説のそういう「出会い頭に火花の散った」部分が、僕は個人的にとても好きです。

もちろん「海辺の光景」も素晴らしいと思います。文句のつけようのない見事な完成度です。でもこの「ガラスの靴」という出発点から別の方向に——よりラディカルな文学的付託作業に——進んでいったもう一人の安岡章太郎がいたら、それはそれで「海辺の光景」とは違った種類の傑作が生まれたのではないかと、つい想像してしまうわけです。もちろん現実問題としてそんな仮定はありえないわけだし、これはどちらかといえば妄想の方に近いかもしれませんが。

しつこいようですが、ここでもいつもの図式を用いて、安岡章太郎の小説世界を図解してみたいと思います。簡単に言えば、安岡氏は自分の内部からの力の突き上げを技巧的にゼロ化しようと試みているように思える。つまり自分の中のエゴの力を見せないようにして、「そんなもの私の中にはありませんよ。だから（それに対抗する）外からの圧力も勘弁してくださいね。押さないでくださいね」と言い訳しているみたいです。表面的にはギブアップして、世界に対して戦意のないことを示しているみたいでもある。そうすることによって、自分の世界をなるべく平静に保とうとしているようです。

こんな具合にです。

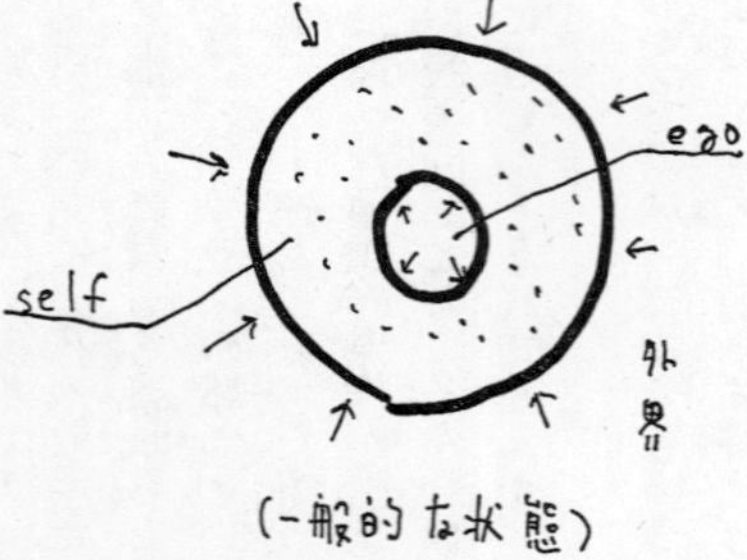

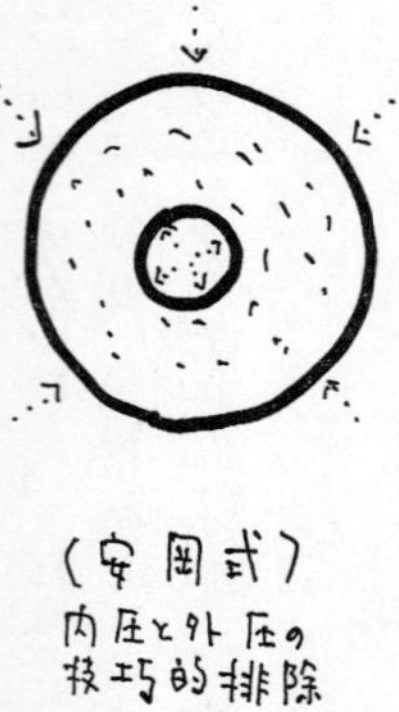

しかし実際にはそんなことはあり得ない。僕らが抱えるエゴの力というのは、実に抑えようのないもので、それを技巧的にゼロ化することなんてまず不可能です――たとえ見かけだけにせよ――しかし小説的になら、それは不可能ではない。

たとえば「陰気な愉しみ」の主人公はとにかく「負のカード」を手元にずらっと全部そろえることで、それを可能にしてしまおうとする。そのような陰気な術策によって、主人公は何とかうまく自己の均衡を保っている。彼は市役所である日、思いもよらず余分な金をもらってしまい、それによって保たれていた均衡が破れてしまうわけですが、それでもなんとか一日の終わりには、どたばたの末にまたとりあえずもとの均衡を回復する。このあたりの顛末の生き生きとした描写はほんとうに見事の一言です。

それからたとえばこの「ガラスの靴」においては、悦子という女性がその図式を一人で具現化しています。彼女は自己内部の力からも、外圧からも、一見して自由であるように見えます。実際にはどうかまではわからない。でも彼女はそのような力とは無縁に生きているように、少なくとも主人公には見えるし、「そう見える」ということがここではいちばん大事なことなのです。そして主人公を宿命的に惹きつけるのも、そのような悦子の天性の自由さなのです。

安岡章太郎はそのような状況をひとつひとつ小説的に検証し、登場人物たちに自己を付託していきます。しかしあらっぽく言ってしまえば、安岡氏の作品群は年を追ってだんだん苦渋の色を増していく。それはやはり年を取るにしたがって、現実の重みが、他者にはもはや付託しきれないものになっていったからではないかと推察されます。逃げ切れなくなってきたと言ってもいいでしょう。

一読者として、安岡章太郎という作家のそのような足跡をたどっていくこと自体、ひとつの貴重な文学的体験であるだろうと僕は考えているわけです。そしてそれは、戦後文学の流れの中にある、何か重要なものを示唆しているのではないかと。

次回は庄野潤三の「静物」を読みたいと思います。

庄野潤三「静物」

I

庄野潤三の「静物」は多様的というか、読む側の切り取りようひとつによっていろんな風に解釈でき、また料理できる作品だと思います。だからむずかしい——といっても、誰のどの作品だって真剣に読んでいけば、同じような意味あいにおいて、むずかしいと言えばみんなそれぞれにむずかしいですね。それは確かです。ただ僕がここで言いたいのは、「静物」は中でもちょっととくべつだということです。そのむずかしさが、ほかの作家の作品のむずかしさとは、いささか趣をことにしている。

たとえばこのシリーズでこれまで読んできた作家を例にとると、安岡章太郎とか吉行淳之介といった作家たちは、自分の創作システムに関してかなり自覚的である。自分が今いったい何をしているのか、その行為の意味と行方を摑んでいる。だから作品を書きながら、うまく仕掛けたり、はぐらかしたりというのもできる。そしてその仕掛けやはぐらかしを、僕ら読者は懐中電灯を片手にあるところまでは整合的にかきわけていくこともできる。

小島信夫においては、その整合性はかなり崩れてきます。しかしこの人が書くという行為に対して自覚的ではないかというと、そんなことはない。あえて言うなら、「自分が無自覚的になることに対して自覚的である」ということになると思います。たとえは悪いですが、犯罪者にたとえれば、「いや、おれは盗もうという意思はなかったが、勝手に手が動いてものを取ったんだ」と言っているようなわけですね。でもその意思と行為の切り離しに関して、小島信夫はほぼ間違いなく意思的であると僕は踏んでいる。決してイノセントではない。

ところが、「静物」執筆のプロセスにおいて庄野潤三がどこまで自覚的であり、どこまで無自覚的であったかというと、この見極めはけっこう困難だという気がするのです。まるで雨降りの日にけぶった水平線をじっと遠くから見ているようなもので、どこまでが海で、どこからが空なのか、その境がうまく見えないし、懸命にそれを見分けようとしているあいだに、だんだん目が痛くなってきてしまう。何度読んでもそれは同じで、読み返すたびにその水平線の位置が微妙にずれてしまったりもする。この前はたしかそこにあると思っていたものが、今度はこっちにちょっと移っていたりする。

でもそうはいっても——というか、「だからこそ」というべきか——「静物」はきわめて興味深く、またすぐれた作品です。文学史の中にきらりと残る作品です。僕はそう思う。そして庄野潤三の作品をどれかひとつ取り上げるとしたら、なんのかんの言ってもやっぱりこの作品しかないと思います。

これは「第三の新人」というグループに属する（と一般に考えられている）作家たちの多くについて言えることだと思うのですが、彼らの作品を読む場合には「どこまでが私小説的であり、どこからが私小説的でないか」という見切りが、かなり大事なものになってきます。「静物」において庄野潤三がどこまで創作プロセスに対して自覚的であり、どこまで無自覚的であったかという設問は、言い換えればこの見切りと呼応していると思うのです。

そのことは前に、安岡章太郎の作品を論じるときにも述べました。つまり安岡章太郎の作品は、小説的構造としては大いに私小説的であるものの、その小説的意識においてはほとんど私小説的ではないと。それが僕の基本的な考え方です。ドンガラはあっちから引っ張ってきたが、中身はこっちで勝手に入れ替えている——手っ取り早く言えばそういうことです。

第三の新人が世に出てきたときに、文壇の主流は「こんな私小説的な小市民的な、身近な狭い世界しか描けない作家たちは、早晩どこかに消えていくだろう」と、彼らのことを軽んじるわけですが、どうしてそんなに甘くはない。彼らは彼らなりにしたたかであり、二枚腰的に戦略的でもあった。その中でも、安岡章太郎はいちばんの「確信犯」であったと言っていいでしょう。もちろんこれは褒めて言っているわけですが。

安岡章太郎ほどには顕著ではないが、吉行淳之介にも小島信夫にも、そのような「ドンガラだけ持ってくる」傾向は認められると思います。第一次、第二次戦後派と一般に呼ばれる一群の作家たちのいささか重苦しい構築性、意識性を逃れるためにも、もっと自分の背丈にあった私小説の入れ物をよそから持ってきて、それにうまく、ヤドカリ的に自分をあてはめていったわけです。僕はあるいは、彼らのそのようなクレバーな、そして諧謔的な部分に心を惹かれているのかもしれません（多くの場合、人は醒めた賢い目と、洗練されたユーモアの感覚なしには、己れのほんとうの背丈を知ることはできないからです）。それはたしかに、当時の文学のひとつの新しい流れであったと思うのです。

そしてそのような視点から見ていくと、この「静物」は、最初にも述べたようになかなかの難物で、どれだけ苦労して目を凝らしても、「私小説／非私小説」という境目が、ほかの人たちの場合ほどクリアには見えてこない。言い換えれば、ドンガラと内容の区別がそれほど明確ではない――というか、角度次第でどちらにも見えてしまうところがあるわけです。どこかの部分を取り上げて、「これはただの入れ物だ」と言うことも可能であれば、「いや、これは内容そのものだ」と言うことも可能なのです。そういう風に、読み方ひとつで、評価基準そのものが大きくかわってしまいかねません。

それでは作者はどのあたりに境界線を設定してこの小説を書いたのか——いや、そもそも設定なんかしたのか？　それがこの作品を読み解くためのひとつのポイントになるのではないでしょうか。

もっとも「舞踏」や「プールサイド小景」といった初期の作品においては、作者はそのプロセスに対してより明確に自覚的です。言い換えればそこでは、入れ物と内容の境目はかなりはっきりとしています。「第三の新人」というグループをどのようにひっくるめるかというのはずいぶんむずかしい問題ですが、たとえば僕のようにそれを「私小説／非私小説というダイナミズムの中で小説を成立させている人々」としてカッコでくくるなら、庄野潤三の作品はそのカッコの中で機能していると言っていいと、僕は考えます。少なくとも初期の作品においてはそうです。

厳密に読み込んでいけば、それらの初期の作品は、作品としての精密さにいささかの問題はあると思います。具体的な細かい欠点を指摘するのは、それほどむずかしいことではない。しかしそんなことは抜きにして、作品の空気がすうっと肌身に迫ってくるところがあります。とくに「プールサイド小景」なんか僕は大好きです。読み終えて本を閉じても、そこに描かれていたいろんな情景が、ぱっぱっと、色つき温度つきで頭に浮かび上がってくる。そんななまめかしい気持ちにさせてくれる短編小説は、ほかにあまりないのです。

そういう意味では、庄野潤三という人は、最初からきちんと定まった自分のスタイルと、自分の語彙を身につけて出てきた作家であると思います。とくに文章的解像力に優れている。「都会的」というか、変に斜《はす》に構えて文章をこねくりまわすところがない。そういうひねりのないストレートさが、ときとして読者の首を「あれれ」とひねらせる危うさを秘めているのはたしかなのですが、それをはるかに超える美質がそこにはあります。これはあるいは文徳と表現してもいいかもしれない。そしてその上にこの人にはおそらく、「自分はこのような小説を書きたいのだ」というヴィジョンが頭上にくっきりとあったと思うのです。「上を向いて歩こう」という歌があったけれど、この人はちょっと「上向き」かげんで小説を書いている。そのぶん安岡章太郎や吉行淳之介や小島信夫なんか（あえて言うならば、地べたや水平的に身のまわりについつい目が行ってしまう人々）に比べると、足もとがふらっと不安定になるところもあるけれど、僕なんかはかえってそういうところに惹かれてしまうようです。

「舞踏」と「プールサイド小景」といった初期の作品を初めて読んだ人はおそらく、「この人がこういう方向でこれからどんどん成熟して伸びていけば、ものすごい小説家になるんだろうな」と考えるのではないでしょうか。そのような来たるべき小説を手にとって読んでみたいと思う。僕もそう思いました。ところがそういう方向にはいかない。

「静物」に行っちゃうわけです。

いや、僕は何もそれを非難しているわけではありません。「静物」は文句なく素晴らしい作品だし、僕は大好きです。ただ、ああ、行っちゃったんだなと、それだけです。そういう意味では「静物」は、内容はまったく違っていますが、安岡章太郎にとっての「海辺の光景」に似ていなくもありません。それ自体は素晴らしい。それぞれの作者にとっての最高峰と言っても良いでしょう。でもそこから先は、どこか別の方向に行っちゃうしかない、ということです。ここまで書いてしまうと、もうほぐしがきかない。

庄野潤三にとっての定方向進化がこのように、既にひとつの終わりを告げていた時点で、ちょうど上っていた階段が終わってひょいと踊り場に出た地点で、この「静物」という作品が出るべくして出てきたのだろうと、僕は想像しています。その前の段階で矢印↓はもう収束していたに違いないと。だからこそ僕は「静物」を高く評価しながらも、それに対して「プールサイド小景」ほどの強い個人的愛着をいだけないでいるのだろうと思うのです。

客観的に見れば、「舞踏」や「プールサイド小景」の方向に作品をどんどんのばしていくというのは、たしかにずいぶんハードな作業であったのだろうという推測はつきます。それはおそらく身を削るようなものではなかったかと。僕も作家の端くれとして、その辺の感じは何となくわかる。もちろん器用な作家なら、よそからどんどん「他者としての物語」を引っ張ってきて、それをうまく「自己としての物語」の中に取り入れて小説世界を広げていけたでしょう。パンを焼く過程で外の空気を入れて膨らませていくみたいに。それができたら話はもっと楽だったはずです。でもこの作家は、そういう面においては決して器用ではなかった。小説家としては良くも悪くも、いささかまっとうすぎる。文章は非常にうまいし、感覚も鋭く、高い志もあるのだけれど、器用ではない。平たく言えば、ワルが入ってない。だからものごとを真摯に追求していけば行くほど、作品はどんどんピンポイントになっていかざるを得なかったのだろう——というのが僕の個人的な推測です。

作者はのちに、「『静物』を書いたあと、雑巾をしぼるようにして自分をしぼり出す小説はかなわない」というように述懐していますが、僕はむしろ「静物」にいたるまでの一連の作品を書くことこそが、「雑巾をしぼるよう」であったのではないかという風に考えています。おそらくその従来のラインの上では、それ以上小説として書くべきことが、作者にはもはや見いだせなくなっていたのではないでしょうか。

しかしいずれにせよ庄野潤三は、おそらくはこの「静物」という短編小説をひとつ書いただけで、文学史に残る作家であり続けることでしょう。それだけの力を持った作品です。

そしてまた実際にお読みになっていただければわかるように、「静物」は多くの奇妙な謎に満ちた作品でもあります。一度や二度ざっと読んだくらいでは、なかなか全貌が見えてこない。読んでいて「なんでこんなことが？」とか「いったいこれは何なんだ？」と首をひねらされるところがたくさんあります。僕はそれらの謎をリストアップして、それらをいちいち細かく検証していくという方法で、とりあえずはこの作品を鳥瞰的にではなく、虫瞰的に読んでいきたいと思います。できるだけ小さなところからこつこつとピースを埋めていきたい。正攻法でアタマから順番に決めていこうとすると、水平線がますます見えなくなってしまいそうですので……。

というわけで、みなさんに具体的なディテイルに関する疑問をいくつかあげていただきました。思ったとおりというか、けっこうたくさんあつまりました（笑）。それではまず最初のものです。

生徒P　主人公の奥さんは、これは自殺未遂をしたのですね。私はそう読みました。でも彼女はどうして〈中折帽子〉と〈犬のぬいぐるみ〉を買ったのでしょうか？　不思議な組み合わせだと私は思うのですが。

それは僕もいささか不思議でした。犬のぬいぐるみは子供のためのものですから、まあわかるような気もするのです。でもこの中折帽子というのは僕にもよくわからないですね。ご主人はふだん帽子をかぶらない人だし、とくに中折れ帽をほしいと思っていたわけでもないようです。いくらクリスマスとはいえ、これから自分が死のうとするときになんでわざわざそんな、夫がべつにほしいとも思っていないものを、選んで買わなくてはならないのか？

それに対して作者はとりあえず何の説明も加えていない。そのままぽんと放り出している。だから見方によっては、けっこうシュールレアリスティックですね。ただそれはたまたま〈中折帽子〉であったのだ。Q.E.D.、証明終わり――ということになってしまう。この理不尽さ、唐突さ、断絶感、それが「静物」という小説の、ひとつの大きな魅力になっています。

……そう言っちゃうと、話はそこでぱったりと終わってしまう（笑）。しかしここで終わってしまっては困るので、更に突っ込んでいきます。

それでは作者はどこまでその理不尽さや唐突さを意識してこの小説を書いたのか？少なくともこの部分については、作者は強くそれを意識していたとは思います。「この作品はいちいち細部の説明・解説をしなくていいのだ」ということが最初から頭にあったはずです。「静物画を壁に並べるみたいに、ひとつひとつ丁寧に壁にかけていけばそれでいいのだ。それが意味と流れを自発的に作り出すのだから」という風に。だから奥さんの自殺未遂だって、何度もよくよく読み込まなくては自殺未遂だとわからないように漠然と、広告手法でいうと「ティーザー（teaser）」的に書かれています。そのへんのテクニックは見事に洗練されています。僕は基本的にはそのように考えています。

　でも人によっては、それとはちょっと違った考え方をするかもしれません。「作者は手法に関してそんなに意識的なわけではない。私小説的な文脈で行ったから、たまたま結果的にそのようになっただけだ。ものごとはもっと簡単素朴なんだ」という見方です。庄野潤三の作品世界では、奥さんが自殺未遂をしたということは、ひとつの文学的既成事実になっている。つまり彼の作品をずっと追って読んできた読者は、それを既に知っているわけです。だからいちいちそんなこと説明する必要はないんだ、と。つまりNHKの朝の連続テレビ小説を見ているような感覚ですね。

　たしかに私小説作家は自分のいわば「贔屓《ひいき》筋」「お得意」に向けてその小説を書く、というのは良くも悪くも、日本文学におけるひとつの伝統みたいなものです。だからその意見には、おおいに一理あるように見えます。それから昨今の庄野潤三の作品を見ていると、「それもあるかもしれない」とうなずかされるところもあります。

　でも僕はここでは基本的には、その見方はとりません。多少はそのような要素は入っているかもしれないが——多分入っているのだろうが——ただそれだけではないと思う。

やはり作者はここでは、しっかりと「上を向いている」のだという気がします。説明が不十分であるのは、作者が意識的にそれを排除し、取り外しているからでしょう。それだけの厳しい彫琢《ちょうたく》のあとは、文章の端々に明確に見て取ることができます。これは文章を加えていった作品ではなくて、文章を削って削って削り抜いた作品です。作者は推敲に推敲をかさねたはずです。生半可な仕事はしていないし、それだけの凛《りん》とした品がこの作品にはあります。「たまたまそうなりました」というようなレベルのものではありません。

生徒P　しつこく帽子にこだわるようで申し訳ないのですが、しかし〈中折帽子〉というイメージはけっこう強いですね。

そうですね。これがもし仮に万年筆だったりしたら、それほどの小説的なインパクトは持たなかったかもしれない。中折れ帽だからよかった。

「彼は起き上って、その新しい中折帽子を頭にかぶってみた。頭の上にやわらかくはまる感触は、なかなかいいものであった」

と主人公は感じるわけですが、その感触は読者にすっと自然に伝わってくる。こういうところの描き方、もっていき方は、簡潔にして要を得ているというか、実にうまいですね。パセティックな要素を意識的に排除して、逆にその事件の意味を周辺的に際だたせる。精神分析医なら「妻がプレゼントとして帽子を選んだのは、彼女の父権に対するあこがれの象徴である」と解釈するかもしれないけれど、そこまでやるとちょっとやりすぎになるでしょう。

しかしもっと常識的な範囲で、この中折れ帽のプレゼントから、いくつかの事実を僕らは小説的に推測することができます。

（1）この妻は、「他人が何を求めているかよりは、自分が何を他人に与えたいか」ということをまずだいいちに念頭に浮かべるタイプの人ではなかったか。

（2）この妻は、ものごとをドラマタイズすることを比較的好む人ではなかったか。おそらくは現実的にあまり苦労したことのない、お嬢さん育ちではなかったか。

（3）「父権の象徴」とまではいかずとも、彼女が家庭に期待していたものは、中折れ帽をかぶった当時の勤め人がイメージとして表象する、「中の上」の安定した幸福な暮らしではなかったか——しかし夫が彼女に与えていたのは、正確にはそれではなかったのだろう。

もちろんそのような推測が正しいのかどうかはわからないけれど、でもだいたいそういったイメージを、僕はこの帽子を通して受けることになる。そしてもしそれが作者の伝えたかったイメージにある程度沿ったものであるとすれば、この中折れ帽のエピソードは見事にぴたりと決まっているということになります。リアルな感触付きで、帽子づたいにすうっとそれがこっちに伝わってくる。

とすれば、それは作者の綿密な計算によるものかどうか？ 作者はここまで計算して中折れ帽をひとつの道具として持ち出してきたのか？ それともそれはあくまで偶然の所産に過ぎないのか？

そこまでは僕にはわかりません。僕の言う「見えない水平線」というのは、このあたりのことなのです。もちろん無数にあるそのような疑問の、これはほんの一例に過ぎません。今たまたま帽子の話が出てきたから、それについてあれこれ細かく追求しているだけです。ほかにいちいちあげていくと、文字どおりきりがありません。

Ⅱ

ついでだから僕も帽子にしつこくこだわりますが、妻が自殺未遂をして、その形見のつもりで買ってきた帽子を、それ以来とくに抵抗もなく――たぶんそれほどの抵抗はなかったのでしょう、忘れてなくしちゃうくらいだから――日常的にかぶって歩いていた夫というのも、ちょっと変わっていると思いませんか？　僕はいささか変わっていると思います。ところがそれについての説明も皆無です。ふつうの人ならそんないわくつきの帽子を手にとって頭にかぶるたびに「ああ、この帽子は……」と思い出して、胸が痛んだり、あるいは複雑な気持ちになったりすると思うんです。少なくとも、なんらかの感情的な付着があってしかるべきでしょう。ところがそういうコメントもありません。ヒントすらありません。

それなら、夫は自らの責任を感じて、事件があったことをいつまでも忘れないために、あるいはひとつの自己処罰として、意識的に日々帽子をかぶっているのかと言うと、べつにそういう大層なことでもないようです。なぜなら主人公は映画館のシートにうっかりとその帽子を置き忘れてくるのですが、

「入口で頼んで探してもらおうとしたが、生憎ひどく混んでいた。それで諦めて、家へ帰った」

だけです。

これはあまりにも淡泊というか、さっぱりとしている。主人公はその帽子にそれほどこだわっていないとしか解釈できないですね。「あれは大事なものなのだから、何がなんでも探しだそう」とは思わないのです。「惜しいけど、まあ、しょうがないや」という感じで終わってしまっています。それは彼にとっては、どこにでもある帽子のひとつになってしまっているようです（半ば無意識的に帽子をどこかに追いやったという可能性は、ここでは排除します）。

これなんかは、小説のかたちとしてはなんだか不思議というか、変ですね。面白いと言えば面白くて、下手に整合的な筋道や説明をつけられるよりはよほど良いのだけれど、それにしてもちょっと首をひねらされる。

つまり、ここまで小説的状況説明、心理描写があっさりと水平的にとっぱらわれてしまうと、読んでいる方もさすがに「でもこれじゃ、小説としての構成がいささか deform（変形）されてしまうんじゃないか」という不安のようなものを抱かざるを得なくなるんじゃないかと思うからです。はたしてここまでやる必要があったのだろうか、と。説明を取り払うこと自体に異論を唱えるわけではないが、取り払うという行為のベクトルはなんらかのかたちで示唆されるべきであって、その矢印↓まで取り払ってしまう必要はあるのか？

更に言うなら、この帽子エピソードに関して言えば、主人公が読者に「この男は、なんという鈍感なエゴイストなのだ」と思われてもいたしかたない、という危険な書き方を作者はしているわけです。人によっては、そこですっぱりと終わってしまいかねない。実際にアメリカの大学のクラスでこれを読ませたとき、頭に来た女子学生は何人かいました。「なんという無神経な男なのだ」と。もちろんアメリカの女子大生にはフェミニズム志向の人が多いから、その意見をそのまま受け入れるのではない。またおそらく、庄野潤三の文学を愛好する人にとっては、そんなことはぜんぜん気にもならないのかもしれません。

でも僕もここの部分を読んだときには、ちょっと「あれっ」と思いました。僕はこの作品における彫琢的「排除」の論理を基本的に認めています。それは有効に機能していると思っています。しかしここまで来ると、それは独善性とすれすれの領域にまで足を突っ込んでいるように見える。いささか「上を向きすぎている」ように感じられなくもない。細かいことを言うようですが、僕の本能の先っぽの方がそこにどうもひっかかってしまうのです。

それだけの小説的リスクをおかしてまで、そのような「とっぱらい」にこだわるだけの必然性がはたして作者にはあったのか？

それも僕にはわかりません。

わからないことが多いのです。

でもひとつ言えることは、もし僕が編集者であって、この作品を担当していたとしたら、この部分におそらく文句はつけなかっただろうということですね。「庄野さん、ここをもう少し説明入れて膨らましたらいいんじゃないですか」とは絶対に言わないでしょう。このますっと行きます。一回こう書かれたら、もうこれしかないと思うから。それが意識的にされたことであってもなくても、彫琢の結果であってもなくても、小説の構成が deform されていてもいなくても、このかたちが出てきたら、これでいくしかないでしょう。この作品の流れの中には、それだけの力がある。それは認めないわけにはいかない。

しかし「これはこれでいいとして、そこから先はどこに行くんだ?」ということになると、他人事ながら僕は考え込まざるをえないのです。この「静物」という作品の中ではそのような「放りっぱなし」手法はそれなりに水平的に並列的にうまく機能している。ちょっと文句はつけられない。しかし作者はこの作品のシステムの中で、意味ベクトルを徹底して取り払うことによって、結果的に、自分の中の小説的ベクトルまで取り払ってしまっているんじゃないかと。僕がほんとうに言いたいのはそういうことです。これは「解体」と言ってもいい。その「解体」そのものには意味もあるし、志もある。それは確かです。見事だと思います。でもそれと同時にこの「解体」作業は結果的に、おそらく作者をかなり厳しい場所にまで運んでいったはずだと、僕は思います。

小説を書くという責任を行為的に完璧に果たすことによって、小説的責任（小説自身の責任）をねじ伏せることは可能です。しかしそれはいつまでも続けられることではない。この「静物」という作品はまことに見事な作品だけれど、その鋭敏な切っ先の部分で、ほとんど目に見えないほどの先端の部分で、小説的責任を見切っている（もっと強く言えば、放棄している）——そういう印象を僕は受けざるを得ないのです。そんなことを言う資格が僕にあるかどうかはおいておくとして。

生徒Q　帽子事件に関連してですが、よくわからないところがあります。五章のエピソードの中にこんな文章がありますね。

「（妻と）一緒の寝床で寝なかった時は、ほんの少ししかない。何カ月くらいだったか。三月くらい。多分、そんなものだ。

その時は二人が別々の部屋に寝ていた。彼女は生れてから一年経ったばかりの女の子と寝ていた。しかし、すぐに終りになった。あんなことがあった後では、またもう一度もとのように二人は同じ寝床で眠ることになった。それからは、ずっとだ」

これは、妻が自殺未遂をする前まではしばらく夫婦別々に寝ていたが、その後では一緒に寝るようになったということなのですか？　だとしたら、それはどうしてなのでしょう？　妻がまた自殺をはからないように監視する意味もあるのでしょうか？

それも少しくらいあるのかもしれない。でも僕はそれは主人公＝夫の一種のステートメント、決意表明のようなものだろうと思うのです。それまで夫はあるいは家の外に妻以外の恋人を作っていたのかもしれない（これはそれ以前の庄野潤三の作品群から小説的に類推したことです）。ところが妻が思いもよらず自殺未遂をすることで彼は大きなショックを受ける。そして「こんなことをしていてはいけないのだ」と自覚するわけです。そして「自分はこれから、この女と、この女を含んだ家庭をまもっていくのだ」と決意をするのです。そしてその決意のひとつのかたちとして、彼は妻と二人で「同じ寝床で眠る」ようになったわけです。

つまり段階的に追っていけば、

（a）一緒に寝ていた。ごく普通に夫婦として寝ている。
（b）別の部屋で寝る。トラブルがあって、夫婦仲が悪くなった。
（c）「事件」後、和解があり、夫婦はまた一緒に寝るようになる。

ということになります。（b）と（c）のあいだには、和解にいたる何かしらの具体的な取り決めや約束みたいなものがあったのかもしれません。しかしもちろんそんなことは作品の中では書かれていません。相変わらず説明は省かれています。非常にクールに（静物というのは、英語で言う still life のことなのでしょうが、言葉からしていかにもクールですね）ぽんと結果だけが提出されている。それはそれで良いと思います。正直に言って、僕はそういうスーパー・クールな文章の書き方が個人的には好きです。

　しかしその決意が主人公に何をもたらしたか、そのステートメントはいったいどのような内容のものであったかということになると、僕としては作者の姿勢にそれほど感心ばかりしてもいられないような気がします。

　彼はその事件をきっかけに、奥さんを再び愛するようになったのでしょうか？　あるいはそれも主人公の決意のうちに含まれていたのかもしれません。僕はそれを否定するものではありません。しかしこの小説から読みとれる限りにおいては、どのように好意的立場から主人公を見てみても、僕はそういった印象をほとんど受けないのです。男女の愛がここで、何かの治癒力を発揮しているという風には、まったく見受けられない。

　僕にわかるのは、彼＝主人公がこの事件を境として、どうやら家父長（patriarch）としての新しい役割を背負うようになったらしいということです。つまり彼は奥さんを守り、子供たちを守り、家内を安定させるという家父長の椅子に、自らの身を納めたのです。僕はそれこそが彼のそのときの決意の内容であったのだろうと想像します。stick to your bush（自分の茂みから離れるな）という、作品の最初の章に出てくる格言そのままに、彼はこれからは家庭にきっちりと寄り添って生きていこうと思うわけです（直接の関係はないでしょうが、英語の bush には「女陰」という意味もあります）。

　それはおそらく彼＝主人公の正直な気持ちであり、誠実な決意だったのでしょう。主人公は一人の中年の男性として、現実というものの重みを、ひとつの責務として引き受けていかないわけにはいかない。それは僕にもよく理解できます。しかしその決意が一種の「保守回帰」の意味を帯びていたこともまた確かです。

　それはまた主人公の進む現実の方向提示であったと同時に、庄野潤三という作家のひとつの文学的ステートメントでもあった。そして僕はそれが「静物」という作品の持つひとつの大きな意味であったと思うのです。別な側面から言うなら、「戦後は終わった」ということになるのではないでしょうか。そういう意味では生徒Qの提起した「一緒に寝る・寝ない」問題はけっこう大きな意味を持っているのではないかと思います。

　僕はべつにフェミニスト的な見地から、あるいは政治的な見地から、この作品を非難しているわけでもありませんし、作者＝主人公の保守回帰を批判しているわけでもありません。それはものの見方考え方、人生の生き方の問題であって、文学的に云々する問題ではない。

　しかしその静かなる再構築作業から放射される様々な要素が、この作品のカラーや文法を大きく決定しているし、そのカラーや文法の中には、それなりに小説的リスクを含んでいるものもあります。はっきりと言えば、そこには独善性と硬直性の萌芽が見られる。僕には、正直なところそれが気にならないでもないのです。

たとえばこの「静物」の主人公は、小説の中で、妻に向かって直接に話しかけることをしていないですね。彼はほとんどいつも三人の子供たちに向かって話しかけている。妻もほとんどいつも子供たちに向かって話しかけている。そして彼らは子供たちに話しかけるという行為を通じて、夫婦間のコミュニケーションを図っているように見受けられます。僕にはそれがとても不思議に感じられます。もちろんそういう家庭がないわけではないし、あるいはまたそれも文学的手法のひとつなのかもしれない。たとえば象徴劇の前衛的な台詞のスタイルみたいに。しかしもっと現実的に考えれば、そうじゃない可能性の方が大きいでしょう。つまり、それがすなわち彼＝主人公にとってのそのままの現実であったのだと。

この作品の登場人物たちには個々の名前はありません。主人公は「父親」であり、妻は「母親」であり、子供たちは「女の子」であり、「上の男の子」であり、「下の男の子」です。ただし主人公の呼称は二章の回想部分においては――つまり「事件」勃発直後の時点においては――「男」になっています。そのあとで、「男」から「父親」への転換が行われているわけです。僕はやはりそこに「家族あわせ」的な、役割への同化作用が働いていると思うのです。
またそこにはイノセンスというものに対するかなり濃密な憧憬が見受けられます。「子供は浄《きよ》い」といった観点です。そしてまたその裏側には「両親＝夫婦はもう浄くはないのだ」という意識があるのではないかと、僕はふと感じてしまうのです。だからこそイノセントなるものを通してしか、二人は会話を交わすことができないのではないのかと。
もちろんこの妻にも（あるいは夫と妻との関係にも）イノセントであった時期はあります。それは結婚初夜のことです。五章の部分にそれはこのように描かれています。

ひとりだけまだ寝ないでいる父親は、二人が結婚した晩に夜ふけの窓からさし込む月の明りが妻の顔を照していたのを覚えている。まるで息をしていないように眠っていた。髪に小さなリボンをつけたままで眠っていた。

「息をしていないように」という表現の中には、後年の事件にいたる不気味さの萌芽が見えますが（もちろんそれは意識的な描写であるはずです）、「髪に小さなリボンをつけたままで眠っていた」というのは、間違いなくイノセンスの存在を示しています。しかしその彼女のイノセンスは、現実生活の過程において徐々に喪失されていく。その喪失は

「事件」によって決定づけられます。そしてそれと前後して、イノセンスは子供たちへと引き継がれていきます。

　母親と父親は、二人でその子供たちのイノセンスを、無垢なるがままに守ろうとします。そのイノセンスは彼ら自身の、血肉をわけた分身でもあるのです。二人はそれを、外界のさまざまな脅威からしっかりと保護しようとします。またそれと同時に、そのイノセンスを媒介にして、夫婦という関係を保持しようとする。そして——これはあくまで僕の推測にすぎませんが——妻は夫に対して仮説的、相対的、擬似的イノセンスを保つために、一種の従属的体制にはいることになる。つまりイノセンスの純度序列みたいなものがそこに打ち立てられるわけです。

　しかしその序列は打ち立てられてからまだ日にちも浅く、確立もしてない。それをなんとか支えていかなくては、という激しい思いが主人公の中にはあり、それが逆に彼を寡黙にさせている。そしてまた小説そのものを寡黙にさせている。

　僕はそれがこの「静物」という作品の大きな枠組みだと思うのです。そしてそのイノセンスへの傾倒ぶりは、後年の作品「夕べの雲」（これは家族構成からみても、明らかに「静物」の続編と考えられます）においてはますます強くなってきます。しかし僕の好みから言えば、この「夕べの雲」では、あまりにも強固に作者の姿勢が確立されすぎています。そこからは「静物」に見られた張りつめた緊張感が失われていると、僕は感じます。つまり主人公は家父長として成功を収め、それに少なからぬ自信を抱くようになっているわけです。その丘の上の家は、まるで俗世の汚れを寄せつけぬ堅固な城のようにさえ見受けられます。多くの物事が、そこではすらりすらりと垂直的に処理されているように見える。

しかし「静物」の中にはひとつの、水平的とも言える、新鮮な決意があります。その決意の「多くを語るまい」とする凛とした部分が、多くの読者を引きつけるのではないでしょうか。

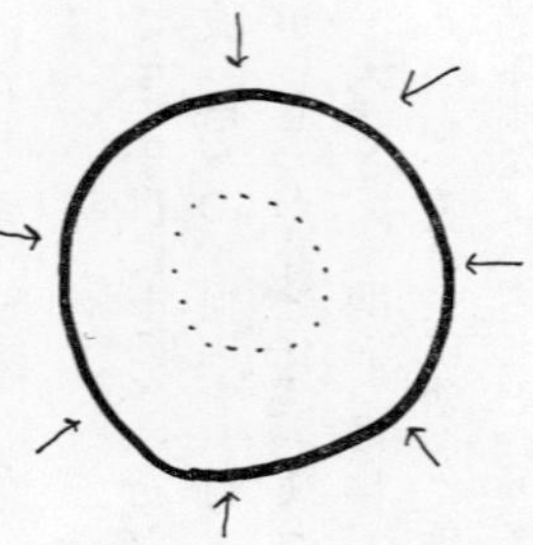

庄野式にあっては、自己と自我の識別がつきにくい。それによって外圧は、奇妙に記号化されていくことになる。

時間がなくて、今回はなんだか帽子関係の話で終わってしまったみたいですが、この作品の中にはほかにも様々な謎が秘められています。その謎や疑問のどれもきわめて興味深いもので、暇があったらぜんぶひとつひとつあたっていきたいという気持ちはあります。でもそれと同時に、どれを突き詰めて突っ込んでいっても、たどり着く場所は結局のところ同じような結論ではあるまいかという気もするのです。ドアは違うけれど、入っていく部屋は同じじゃないかと。ですから今回は右代表「帽子関係」で話をまとめてみました。

最後に、これはとても個人的なことなのですが、小説の中の数字からいろいろ勘定してみると、僕はここに出てくる長女の女の子と生まれた年代がほとんど同じみたいです。だから僕は、どうしてもこの小説を、長女の目の位置から読んでしまうところがあります。そしてところどころで「ああ、懐かしいな」と感じてしまいます。そういえば昭和三十五年頃の日本というのは、こんなだったんだなと。それが自然な上質な空気として、ページのあいだからすらりと漏れてくるところがあります。たとえば小津安二郎の映画のワンシーンみたいに。そういうところはやはり、ほんとうに巧いですね。

そう考えていくと、僕は細部にこだわって、あまりにもややこしいことをうだうだと言い過ぎているのかもしれないと思わないでもないです。あまりにも「今の時点から見れば」的すぎるかもしれない。そのような反省をしないでもありません。

しかしこの作品が発表された昭和三十五年といえば、安保闘争の年です。世間が上を下への大騒ぎをしていた、戦後のひとつの大きな節目です。そんな時期にあえてこの「静物」を書いて世に問うた庄野潤三の文学的姿勢を「ラディカル」と取るか、「コンサヴァティヴ」と取るか、これはすごくむずかしいところですね。「その両方であるし、同時にどっちでもない」という風に、僕は個人的に感じているのですが。

次回は丸谷才一「樹影譚」を読みたいと思います。

丸谷才一「樹影譚《じゅえいたん》」

I

丸谷才一の、それぞれにタネも仕掛けもたっぷりある様々な短編小説から、ひとつだけ何かを選ぶというのはけっこう難しい作業ですが、僕はここでは比較的新しい（一九八七年四月発表）作品である「樹影譚」を取り上げてみたいと思います。短編と呼ぶにはいささか長目のものですね。しかしまあこれくらい料理しがいのある作品もちょっとないので、たよりないマナイタですが、僕なりに俎上《そじょう》に載せて分析してみたいと思います。

お読みになればわかるように、この小説はきっちりと三つの部分に章分けされ、区切られています。そしてこの三つの部分はただ全体の流れを内容的、時間的あるいは場所的に区切ったというに留まらず、それぞれに異なった小説的機能を有した三つの別個のブロックを形成しています。きわめて論理的な構成であり、その論理性はそもそもの作者の意図であると言って差し支えないと思います。つまり明確なグラウンド・プランが前もってできあがっているわけですね。

概説してみます。

（1）そもそもの前置き

作者（これは明らかに作者＝丸谷才一と規定していいだろう）は垂直な壁に映る樹木の影に、何故かしら昔から心を惹かれる傾向がある。作者はそれが何故であるのかをずいぶん考えているのだが、どうしてもその明確な理由、根拠が思いつけない。だから頭にひっかかっている。そのあたりの道具だてをつかって小説をひとつ書いてみたいと前々から考えているのだが、ある事情があって、なかなか着手することができない。

それは作者が数年前にどこかで、似たような筋立てのナボコフの小説を読んだことがあるからである。そこでもやはり樹木の影が小説の種としてつかわれているのだ。つまり作者としては他の作家の「後塵を拝するのは、やはり癪《しゃく》」だったのだ。しかしその小説を念のために読み返そうとしても、どういうわけかそれがみつからない。どのナボコフの本にもその短編小説は入っていない。ナボコフの権威にも尋ねてみるのだが、そんな筋立ての小説はどこにも存在しないということである。作者は狐につままれたような思いである。たしかに作者はその話を前に読んだのだから。作者は再読さえしたのだ。あるいはそれは夢の中のできごとだったのかもしれないが。

というわけで、とにかく自分はこの小説を書くことにするが、あるいはどこかにこれに似た作品は存在するかもしれない。しかし頭の中に出来上がっている小説の筋が負担になってしかたないし、自分としてはそれを小説というかたちにして、肩の荷をおろしてしまいたいのだ。

（2）「小説内・小説」のはじまり、あるいは前説

この話の主人公は、古屋逸平という明治生まれの作家である。古屋について生い立ちとか作品歴とかがかなり詳しく（非常にそれらしく）語られる。この古屋は同じ小説家といっても、年齢的にも傾向的にも作者＝丸谷とはまったくタイプが違うし、作者の投影というものでもないということが読者にも明瞭にわかる仕掛けになっている。（1）の一人称のヴォイスと（2）以降の三人称のヴォイスが、その違いを浮き立たせている。

古屋は現在既に七十を過ぎているが、長編小説を執筆している最中で、小説中のエピソードがひとつ紹介される。やはり樹木の影が出てくる不思議な、一種神話的なエピソードである。このエピソードが「小説内・小説」というけっこう複雑な装置として機能する。

古屋は作者＝丸谷と同じように、「そういえば、自分は垂直な壁に映った樹影が昔から好きであったのだな」と、あるときにふと考える。そして人生の過程においてめぐり

あったいくつかの印象的な樹影を思い出す。終戦直後の宮崎で、あるいはバンコクの街角で。また自分がこれまでに書いた作品の中にも、再三にわたって樹影が登場していることに思い当たる。また自分が樹木の影を見たときに、知らず知らず、「樹の影、樹の影、樹の影」と三回つぶやいていることに、ある日ふと気がつく。

（3）いよいよ「小説内・小説」

古屋がある事情で故郷に講演旅行にいくことになる。講演の内容について、けっこう詳しい説明がある。これはいわば「小説内・小説内・講演」で（その中に更にフランスの某女流批評家の引用があるわけだが）、一見丸谷作品ではおなじみのペダンチックな蘊《うん》蓄《ちく》話と見えるが、あとになって「捨子、継子《ままこ》譚」として話の伏線になっていたことが判明するから、決して脱線ではなかったことがわかる。

そのときに古屋は、「生家からかなり離れた村に住む」まったく面識のない年老いた旧家の女性から唐突な招待を受ける。彼女は昔から古屋の作品を愛読しており、せっかくの機会なので是非お目にかかってお話をしたいということである。面倒なので古屋は断りの手紙を書くが、老女の姪なる人物からの再度の懇願もあり、結局招待を受けることになる。このあたりからだんだん物語らしくなってくる。

古屋は講演後、もうひとつ気が進まぬままにこの老女の住まいを訪れ、彼女と差し向かいで語る。そこで老女は意外な事実を——少なくとも彼女が事実として認識するものごとのありようを——古屋に打ち明ける。そしてその証拠として、欅《けやき》の盆栽の影を屏風に映して見せる。彼女は言う。

「三つ子の魂百まで、でございますね。本当に何度かさう思ひました」

ここで物語の種をあかしてしまうのは丸谷氏の小説に対してフェアではないので、話の結末は書かない。しかしずいぶん奇妙というか、怖い話です。


これがだいたいの構成です。つまり（3）の部分だけが正確な、あるいは古典的な意味における「物語」であって、（1）は全体の前置き、（2）は（3）へのイントロダクションの役目を果たしています。メインディッシュの前に前菜がいくつか出てくるようなものですね。それぞれの章が全体に占める量的なパーセントをページ数で計算してみますと、おおよそ
（1）一五％
（2）二五％
（3）六〇％
ということになります……、と数字を持ち出されても、ただ「そういうものか」と思うしかないわけだけれど、でも読み終えてみると実感として、この三つのパートがとて

も良いバランスでぴたっと収まっていることがわかります。読んでいるときはともかく、あとになって振り返ってみると、「なるほどそういうことか」とうなずかされてしまう。そういう仕掛けになっている。この微妙なバランスの感覚が、「樹影譚」という作品のキモなわけですから、作者はその彫琢にさぞかし苦労したのだろうと推察されます。三つのパートのバランスが少しでも狂ったら、あるいはこの作品は妙にカスカスしたいわゆる「作り話」か、あるいは芸の勝った鼻持ちならない展開になってしまったかもしれない。

それでこの三つの章のうちのどの部分に、作者がいちばん力を入れたかというと、これはもちろん勝手な想像にすぎないわけですが、僕は（2）じゃないかと思います。もし仮に僕がこの話を書いたとしても、（2）にやはりいちばん多く時間と手間をかけるだろうと思います。それだけいちばん書くのがむずかしいところなんです。

そして——というかしかしというべきか——三つの章のうちで、読んでいていちばん「作り話っぽく」感じるのが、この（2）ですね。「出来が悪い」というと何だけれど、話の流れがいちばん悪いのも（2）です。「始末が揃ってない」というか、文章もどことなくこきこきしている。

それに比べると、（1）の章については、こう言ってはなんだけど、書くのにそんなに手間はかからなかったのではないでしょうか？　文体的にもあるいはテクニック的にも、いわばエッセイの延長上にあるものだし、丸谷氏にとっては決して難しいものではない——というか、まさに自分の庭、十八番（おはこ）みたいなものです。実際にすらりすらりと、いつもの調子で話が淀みなく流れていく。

ただし読者にとってここの部分でいちばん問題になるのは、一見エッセイのように見えながら、書かれていることのいったい「どこまでが本当で、どこからが嘘なのか」という点でしょうね。いくら文体がエッセイみたいだといっても、あくまで小説の中の一部なわけですし、作者の性格から言っても、単純に本当のことばかりがずらずらと述べられているわけがない（極端な言い方をするならば、乾物屋が刺身を売るわけない、ということですね）。あちこちにフィクション的偽装が施されているだろう、というのは当然すぎるくらい当然の推測です。

そこで、これももちろん勝手な想像で——くんくんとにおいを嗅ぎながら——言うしかないのですが（でもこれは学術的な評論ではないから、もし間違っていてもべつにかまわないですよね）、ナボコフの小説の話は、これはおそらくでっちあげだと僕は思います。そんな話は最初からなかったのではあるまいか。エドナ・オブライアンのボウ・タイの話は、書き方のニュアンスからして、本当みたいな気がします。でもナボコフに関しては、いささか説明が念入りすぎる。本当らしく聞こえすぎる。あるいは似たような経験はどこかであったかもしれないが、おそらく樹影問題はからんでいないし、作家もナボコフではなかろう。

作者が本当に樹影好きであるかどうか、これは僕にもわかりません。でも本当は何かの折りに「これは、ちょっと悪くないな」と思ったくらいではなかったか。そういうにおいは少しします。

ついでに言うなら、(3)に出てくるフランスの女流批評家の引用もたぶん作りものだという気がします。これはどうも嘘っぽい。八〇パーセントくらいの確率で作者のでっちあげだと思います。(177頁注参照)

(2)に比べて(3)を書くのは簡単だっただろうと言うつもりはありません。書くのはそりゃ大変だったと思います。精緻きわまりない不思議な物語が、ここで繰り広げられます。しかしプロの一流の作家であれば、ここは書けて当然という部分はある。舌を巻く書きっぷりではあるけれど、仮にも作家という看板を出しているヴェテランが、いったん本気で力を入れたら、やはりツボはしっかりとおさえる。野球のピッチャーで言えば、三振をとるべきところできっちりと三振をとってしまう、という感じですね。もちろん取れない人だって、中には若干いるかもしれませんが。

くどいようですが、問題は(2)ですね。(2)の部分の中に、丸谷才一という作家の、作家としての秘密《シークレット》が潜んでいるように僕には思えます。こう言ってはなんだけど、「流れがいささか悪くて、文章がこきこきとして、なにか作りものっぽいところ」にです。

といっても、僕は決して丸谷氏の文章家としての腕にけちをつけているわけではない。むしろ逆です。この（2）の「流れがいささか悪くて、文章がこきこきとして、なにか作りものっぽいところ」こそが、この作品の結果的な魅力になっていると僕は強く感じるのです。このこきこきさがなかったら、「樹影譚」という作品はそんなには心に残らなかったのではないか、と思うくらいです。このへんのカードのひっくり返り方は不思議ですね。マイナスがマイナスだけでは終わらない。ちょっとした加減で価値が逆転してしまう。小説というのはむずかしいものだなあと、つくづく思います。

それでは、いったい（2）の中で何が行われているのか？

機能的には（1）から（3）への移行でしょう。一人称＝作者＝丸谷から、三人称＝古屋への移行が行われている。（2）はその limbo（中間地点）としてあるものだと、僕は思うのです。つまりわかりやすく言えば、新聞記者クラーク・ケントが電話ボックスに入って、出てくるときにはマントを羽織ったスーパーマンになっている、その電話ボックスの役割を（2）は果たしているわけです。ごくごくわかりやすく言えば。

僕の知る限りでは、丸谷氏の作品系列の中でこのような limbo がひとつの形式として登場する作品は、「樹影譚」以外にはありません。そこのところが僕には大変興味深かった。つまりここのパーティションの中で読者は、一人称＝作者＝丸谷が、三人称＝

登場人物へと変身する様を、事細かに明瞭に目にすることができるわけです。そして極端に言ってしまうならば、作者がこの作品の中でほんとうに書きたかったことは、この「making of ――」的な変貌プロセスではなかっただろうかとさえ、僕には思えてくるのです。

丸谷氏の作品を系列的に読んでいけばわかることですが、この作者は常に「自分ではない誰か」に変身することを求めているように見えます。登場人物を設定し、そこに自らをはめ込んでいくことによって、小説を作り、自己のアイデンティティーを検証していこうとしているように見える。変身願望から小説が出発していると言ってもいいくらいではないか。

これは早い話「反私小説的である」と言い換えてもいいでしょう。私小説というのは、自己を外界あるいは社会に対峙させることで、小説＝反物語を成立させているわけですから。それとはまったく逆のことを、丸谷氏は小説家としてやっているわけです。他者を外界あるいは社会に対峙させることで、小説＝物語を成立させている（この物語というのは story というよりは、感じとしてむしろ tale に近いかもしれない）。そして他者と自己との、世界と物語との落差の中に（あるいは近似の中に）真実を読みとろうとする。それと同時にでもただ単に作者が登場人物に変身する、というだけではありません。それと同時に登場人物もまた、物語の中で何か別のものになろうとしている場合が多いのです。これは丸谷氏の小説の中の、大変に面白い小説的特徴であると思います。つまり「反私小説内・反私小説」なわけですね。念が入っている——というか、その二重性をとおして、あるいは三次元的構図を通して、作者はより切実でラディカルな自己検証を行おうと試みているように見えます。

たとえば長編「笹まくら」においては、主人公浜田庄吉は戦争中に徴兵忌避者として五年間全国を逃げ回り、官憲の目を逃れるために杉原健次という別個の人格になってしまいます。この作品は、現代（一九六〇年代後半）という視点から語られるために、時間系列がミステリアスに（もちろん意識的に）錯綜しているのですが、クライマックスは浜田庄吉が杉原健次になりきるシーンで終わっています。お読みになればわかると思いますが、話の順序からしてずいぶん奇妙な終わり方です。誰もこんな小説の終わり方＝クライマックスを予想していなかったことでしょう。本来であれば、浜田庄吉が杉原健次になる儀式というのは、小説のもっと前の方に出てこなくてはなりません。そうすることによって、逃亡者＝杉原健次という人間の変換されたリアリティーが、読者の前により明確になるわけですから。

しかし作者はそのリアリティーをある程度犠牲にしてまで、この変身シーンをじっと最後までとっておいているわけです。これはどうしてか？　言うまでもなく、この変身のすさまじさが、作者にとっても、小説にとっても、もっともリアルで、もっとも重要なものだったからですね。実際のところ、この小説の中でそれまでじっと静かに、整合的に、あくまで我慢強くおさえられていた物語の情念のようなものが、最後の数ページでカラを突き破って、一挙に噴き出しているように感じられます。このすさまじさを書ききるために、作者はこらえにこらえて、作品をそこまで意図的に淡々と書いてきたようにさえ見えます。そしてその手法＝仕掛けは「笹まくら」の中で、見事に成功していると僕は思います。ずうっと読んでいって、最後に「やられた」というところがある。モノトーンの画面が、最後にわあっとフルカラーになってしまう。そういう意味でも、「笹まくら」は僕がとても好きな本のひとつです。

そう考えていくと、作者が「樹影譚」（一九八七）という作品でやろうとしていることは、この二重変身の様を「笹まくら」（一九六六）とはまったく逆に、今度は頭から順番に、むしろアンチ・クライマックスで書くことではなかったかと思えるのです。これは一種の余裕、自信でしょうね。二十年後の今なら、俺はこういう風な順番でだって、じゅうぶんスリリングに話が書けるんだよ、と。そして腕によりをかけて、作者はこの作品にとりかかるわけです。どういうよりがかかっているのか、見ていきましょう。

まず（1）において作者＝丸谷が自己の世界を語り、それが（2）の古屋の世界にすっと移行していく。(2)がさっき言ったような limbo、もっと別の言い方をするなら変身室ですね。ここで、読者の眼前で、古屋逸平という人物のメイキャップが行われます。古屋逸平というのはこういう人物ですよ、という一種のブリーフィングがあります。ところが前にも述べたように、この部分が妙にこきこきしている。すうっとは流れていかない。どうしてかと言えば、描写がきわめて並列的だからでしょう。これもある、これもある、これもある、というのがずらずらと横に並んでいる。だから当然のことながら縦の流れが出てこない。だからこきこきする——ということになるわけです。描写の並列性というのはこの作家のひとつの傾向的特徴ではあるのだけれど、それにしても(2)の部分はかなり極端です。これでもか、これでもかというところがある。

おそらくこれは意識的なものであろうと、読者には推察できます。じゃあ、どうして意識的にわざわざ話の流れを悪くしなくてはならないのか？　答えはひとつしかない。要するに、話がうまく流れてもらいたくないと、作者が内心で考えているからでしょう。話がうまく流れないまさにそのことによって、そのおかげで、この作品は命を持つからです。それがある程度、作者にはわかっている。つまり作者＝丸谷が辛抱してメイキャップをするあいだ、読者もやはり同じように辛抱してメイキャップにつきあわなくてはならないわけです。作者もそれを求めている。「辛抱」によって、はじめてこの作品がフィクションとしての説得力を持ってくるのです。

僕は庄野潤三の「静物」を論じたときに、私小説作家は贔屓《ひいき》筋の読者のために作品を書く部分があるというようなことを言いました。つまり私小説の作家は自分というものを説明する必要がないのだと。なぜなら贔屓筋はその作家がどのような暮らしをしていて、どのようなところに住んで、どのような持病を持っているかというようなことまで、ひとつの事実として承知しているわけです。そこでは作家という存在がいわばクロノロジカルな既成事実として、ミクロコスモス的に成立している。

ところが丸谷才一は逆です。彼はまったくのゼロから始めます。ひとつ小説を書くごとに、算盤《そろばん》を全部払ってしまいます。だから毎回毎回、入念なメイキャップが必要になってきます。彼は作品によって在日朝鮮人の焼肉屋主人になったり、子供を亡くした老医師になったり、逃亡中の徴兵忌避の青年になったり、いまどきの若い女の子になったり、夫に別れ話を持ちかけられて混乱する若妻になったりします。まったく自分とは別のキャラクターに生まれ変わるわけです。

僕はこのあいだイッセー尾形の「なりきり芸」の舞台を見てきたんですが、あれにちょっと似ていますね(笑)。あの人も舞台の上で、ぐっと意識を集中して、ひとつのパートごとにまったく別の人格になりきってしまうんです。顔つきから声まで変わってしまう。丸谷さんの作品にもそういうところがある。

丸谷氏はもちろんそのために、自己内部でずいぶん入念な準備というか、内的な根回しをしていると思います。でもそれを今までは人前には見せてこなかった。当然のことですね。一流の作家というものは、本当に苦労したところを人にはあまり見せないものです。ほんとうに汗をかいたところでは、汗をかいたそぶりさえ見せないようにする。ところが丸谷才一は「樹影譚」の中で、あっさりとこの自分の手の内を晒《さら》してしまっているわけです。楽屋裏までわざわざ読者を連れ込んできている。それも自分にとって必要なだけのメイキャップの時間をとって、たっぷりとみんなに見せ、それどころか読者に辛抱までさせている。芸と言えば芸だけれど、非常に危険な芸ですね。tour de force（離れ業）と言ってもいいくらいです。

そしていよいよメイン・ストーリーである（3）が始まります。

この小説をいったん読み終えて、そこで全体の構成を振り返って考えてみると、僕らにはひとつの事実がわかります。それは（3）ひとつだけを取り出しても、それで一個の小説になっているという事実です。もちろん現在あるままのかたちで独立させることはむずかしいけれど、（2）のエピソードをいくつか運び込んでちょいちょいと塩をふれば、形式としては（3）だけでひとつの完成した短編小説になります。はっきり言って（1）も（2）もなくてもべつにかまわない。要するに実際のアクチュアルな「物語」は（3）だけなんです。（1）が（2）＋（3）の前説になり、（2）が（3）の前説になっている。

つまり「樹影譚」は三段切り離しロケットのようなもので、前段階のどっちかが切り離されても、あとに残ったものだけでガンダム的にうまくやっていけるような構造になっています。しかし、じゃあ（3）だけで、あるいは（2）＋（3）だけで説得力のある文学作品になるかというと、それはないでしょうね。これはやはり三つのパートが今あるようにきちっと揃ってワンセットになってこそ、人の心を打つ作品として成立するわけです。何故かというと、この「樹影譚」が単なる「お話」であるには留まらず、前にも言ったようにひとつの構造的な作品になっているからです。構造の複合性がすなわち、内容の複合性の重層的なメタファーであるからです。

それ故に僕は、この作品の三つのパートでいちばん大事な部分は、いちばん流れがつっかえている——言い換えればあまりうまく書かれていない——（2）の部分にあると言っているのです。うまく書かれていないことによって、まさにそれゆえに、重要なのです。僕は、作者はこのような作業によって、おそらく自らを小説的に励ましているのだと思います。もしこの部分になにかしら稚拙なもの、あるいは大人げないものが見受けられるとしたら、それらが作者にとって必要だったからでしょう。そのような非洗練的な要素によってしか、作者は本当には励まされないからでしょう。僕はそう感じます。

今回再読してみて、僕はなんとなく丸谷氏が鼻を膨らませながら、一生懸命ここのところを書いているような気がして、感心しました。決して馬鹿にしているのではありません。それをあえて見せるということに、僕としては感服しているわけです。もちろんそれなりの技巧はこらしているから、なかなか真相は見抜けないような仕組みになっているけれど、じっと腕組みをして目を凝らしていると、そういうところもだんだん見えてくる。

正直に言って、これまでの丸谷氏の短編にはいくつか「透けて見える」ものもあったと思います。それがこの作家の欠点でもあった。しかしここでは彼は欠点（あるいは欠点としての可能性を含んだもの）を逆にプラス・カードとして出してきているわけです。それが僕をわくわくさせる。

余談ですが、ちょっとおかしいのは（2）のところどころでまだ変身が完成していないことです。たとえば古屋逸平の（架空の）作品「秋成か宣長か」を紹介するところにこんな一節が出てきます。

小説なのか評論なのかわからない書き方だから、さう言ひたくなる気持はうなづけるが、わたしはむしろワイルドのある種の作品に近いと見てゐる。ボルヘスと古屋は、あの世紀末の批評家の流れを汲む兄弟弟子だと考へるのが一番いいかもしれない。
（傍点村上）

不思議なんですが、（2）では「わたし」という一人称はここで唐突に一回出てくるだけなんです。それまでは三人称的視点からまあ淡々と、古屋逸平の人となりが形作られていくんですが、ここで突然わたし＝作者＝丸谷がひょこっと顔を出す。これはなんかついうっかり出ちゃった、という雰囲気がありますね。これはなん一人称から三人称への推移がここではまだできあがっていないんですね。細部に細部を重ね、うんうん」とうなずきながら自分を説得している、というところがあります。これがいいんですね、あざとくなくて（笑）。こういうのがあると、こっちまで「うんうん」とうなずきながら読んでしまうことになる。

まあそれはともかく、（2）という特徴的な変身室＝通過点を持つことによって、「樹影譚」という作品の意思は、非常に強固なものになっていると僕は思います。そしてその（2）の存在理由を明確にするためには、やっぱりどうしても（1）の一人称的前説がなくてはならない。そう見てみると、この全体的な構成は最初にも言ったように、きわめて論理的であるというしかありません。

複合的変身ということですから、作者自身の変身と並行して、今度は主人公の古屋逸平の「小説内変身」を見ていきたいと思います。作家古屋逸平は今回の郷里での講演の題目として、「捨子、継子譚」を小説の起原とするフランスの女流批評家の文芸評論を取り上げてみようと考えています。あるいはこれは「貴種流離譚」と言ってもいいかもしれません。つまりほとんどすべての子供は、自分が実は今の現実の両親の子供ではなくて、どこかべつのもっと立派な親から生まれた子供であるという幻想を持っており、それが古今東西の物語のひとつの原型になっているという説です。

これはよくある現象で、たとえばスコット・フィッツジェラルドなんかは、ほとんど一生、これを個人的な傷として抱えて生きています。自分はあんな田舎町の、さえない両親の子供であるわけがない。自分には、もっと由緒ある偉大な両親がどこかにいるはずだという幻想に、彼はとりつかれる。生まれつきの金持ち（言い換えればアメリカ貴族）に対する過剰なまでの憧憬と、またその裏側にあるモラリスティックな潜在的嫌悪は、そこから来ています。「偉大なるギャツビー」なんて、まさにこの幻想を満たすための巨大な小説的装置であると僕は考えています。

もっとも同じ小説家といっても、古屋自身は今までにそのような幻想を抱いた覚えがない。理屈としてはよくわかるのだけれど、実感が伴わない。「どうして自分は子供の頃、そういう思いを一度も抱かなかったのかしら？」と古屋はふと不思議に思います。このあたりを読み進む限り、古屋は非常にリアリスティックで整合的な思考を重ねるタイプの人間であることがわかります。ものごとを曖昧にしておくことを好まないようである。いちいちしつこく論理でものを考えていく。

しかし（3）の中で、古屋はだんだんその論理ペースを維持していくことに困難を覚え始める。彼は老女に招かれるままに、否も応もなくべつの世界（影の世界と言ってもいいでしょう）の中にひきずりこまれていきます。そして彼は、今までとは違うもうひとつの自分へと、存在をねじられていきます。そしてそのねじれをもたらす決定的な要因が、くだんの「樹の影」なのです。

「影の世界」は古屋がこの舟木という旧家に足を踏み入れたときから、彼を少しずつ包み込んでいきます。こういうミステリアスな話の運び方はさすがです。読んでいて、こっちまでがその世界にずるずると引きずり込まれていくような感じがします。たとえば彼が通された部屋には巨大な仏壇がある。仏壇の扉が開かれ、明かりがともしてある。古屋は部屋に入るとまず仏壇を拝みます。

老作家は仔細らしく鉦を鳴らし、恭しく一礼してから席について、挨拶をかはした。

とあります。これは僕なんかにとっては、ちょっと不思議な行為ですね。他人の家に上がって、相手と挨拶をかわす前に仏壇に手をあわせるというのは、すごく特殊なことのように思える。少なくとも僕には思いつけない。しかし古屋が育った環境＝古き世界にあっては、これはあるいは普通の日常的行為なのかもしれません。僕は思うのですが、古屋はこのときから既に、一種の「前近代」に足を踏み入れつつあったのではないでしょうか？　次にこんな一節も出てきます。

ひょっとすると、この茶の間にはいり、仏壇に一礼したときから、東京の文士稼業の価値の体系がゆらりと傾き、それに代るやうにして、幼いころの環境の掟が心を領してゐたのかもしれない。

「呪縛的なるもの」と言ってもいいかもしれない。要するに古屋が長年にわたって信奉してきた「リアリスティックで整合的な思考」とはまさに対極にあるものです。彼は決して「リアリスティックで整合的な」小説を書いてきたわけではありません。しかしそれを成立せしめるための地面として、「リアリスティックで整合的な思考」を必要としたのです。それを失ってしまえば、彼はそっくり丸ごと土着的呪縛の中に呑み込まれてしまうかもしれない。それは古屋には耐えられないことだし、古屋はおそらくそうなることを警戒しつつ生きてきたのでしょう。だからこそ彼は「引きずり込み」に対して必死に抵抗をする。

ここからが老女と古屋との、差しの闘いになります。それは静かな闘いです。いや、闘いといっては語弊がある。むしろ想念のさぐり合いに近いものです。老女は古屋を「影の世界」に引き戻そうとし、古屋はそうされまいとする。相手の提出してくる説を、惚《ぼ》けた老女の単なる幻想と規定することで、柳に風と受け流し、退け、自らの整合性を保とうとする。老女は簡単には逃がすまいとする。それぞれに相手の前に、相手のカードにあわせて、自分のより強いカードを並べていくわけです。このあたりは小説の醍醐味です。丸谷氏の短編小説は、ものによってはあまりにも作られ過ぎていて、話が思ったようには動いていかない場合があるけれど、この話はとにかくぐいぐいと動いていきます。

とくにすごいのは「マサシゲ童子」ですね。老女が「あなたの子供の頃の写真だ」と言って彼に渡した古い写真を見て、三十過ぎの姪は「マサシゲ童子に似てる」とつぶやきます。でも「マサシゲ童子」が誰なのかという説明は、まったく与えられません。古屋にも与えられないし、読者にも与えられない。マサシゲ童子という言葉は、投げかけられたきり消えてしまう。古屋はそれについての推測を行いますが、あくまで推測でしかない。彼のそのような推測は「マサシゲ童子」という奇妙な（不気味な）土俗的響きの前で、ほとんど説得力を持ちえません。

これは「横しぐれ」の中で、山頭火らしき乞食坊主が、「横しぐれ」という言葉をふと耳にして、それだけで、前後に付着するべき有効なことばを失ってしまった、あの経緯を僕に想起させます。まさに呪文です。「呪文＝ただの言葉」が現実の相を、強固に宿命的に規定してしまう。ただの一言が人の運命を変え、存在を揺るがし、あるいは命をさえ奪ってしまう。言霊《ことだま》とでも言うべきでしょうか。あるいはこれも、丸谷才一のライトモチーフのひとつなのかもしれない。

「笹まくら」にしても、徴兵忌避者・杉原の逃避行が、仮寝の「笹まくら」という言葉に凝縮されてしまうことによって、そこにほとんど圧倒的と言ってもいいような、前近代への吸収作用が生まれてでてくる。明治維新（もちろん徴兵制もそこには含まれています）という一見して堅く地均《じなら》しされた土壌のすぐ下に、我々の精神の影の原風景が息づいていることを、たったひとつの言葉の響きから、我々ははっと気づかされることになります。その吸収のすさまじいダイナミズムは、すでに意味を終了してしまったかとも思えていた戦争中の浜田庄吉→杉原健次の神話的変身譚を、今はさえない中年の主人公・浜田が大学の事務員を勤めている現代まで、さあっと一気に敷衍《ふえん》してしまうことになる。

この「樹影譚」の最後に再び出てくる、「樹の影、樹の影、樹の影」という台詞もまさに呪文ですね。同じ言葉を三度繰り返すというのは、古代から伝わる呪文のひとつの典型ですから。いや、ここではその呪文は漢字ではなく、わざわざカタカナで記されます。「キノカゲ、キノカゲ、キノカゲ」と。これは効きます。致死的に効きます。老女のこの言葉によって、古屋はそれまで統制されていた自己をほとんど完全に喪失します。彼の言葉を借りて言えば、「転生」することになる。

ただ、ざはめく影の樹々のなかで時間がだしぬけに逆行して、七十何歳の小説家から二歳半の子供に戻り、さらに速度を増して、前世へ、未生以前《みしょういぜん》へ、激しくさかのぼってゆくやうに感じた。

本当に怖い話です。幽霊も何も出てこないのだけれど、実に怖い。それはおそらくこの話が、一般的な捨子、継子譚のまったくの逆回しだからではないでしょうか。子供の方はそれを求めていないのだけれど、逆に「親」の側がそれを求めるのです。彼はそれに抗しようとするのだけれど、呪縛をどうしても解くことができない。まるで他人の夢に巻き込まれてしまった人のように。

繰り返すようですが、丸谷才一の小説の中では、常に現代＝近代と、前近代とがせめぎあい、同居しています。整合と非整合のせめぎあいであり、意味と響きのせめぎあいです。それは互いをつきあいながら、ひとつの場所に同居、寄生している。その葛藤は多くの場合、宿主を混乱させ、いらだたせます。

しかし作者は、それらを安易にひとつに統合してくれるはずの（言い換えれば心地よさをもたらしてくれるであろう）アンビギュアス（両義的）な叙情や情念を、極力避けようと努力する。実に痛々しいまでに努力します。あるときには、その力一杯の努力は我々の目にドン・キホーテ的にさえ映ることがあります。何もわざわざそんなしちめんどくさいことをしなくてもいいだろうに、と思えることもあります。しかしなんと思われようと、この人は決して引き下がらないし、妥協しようともしない。

あくまで僕の推測に過ぎないのだけれど、この人は若いときに（戦争中に）、そのような安易な叙情や情念が、どれほど間違った方向に人を流していったかということを、嫌というほど見てきたのではあるまいかと思うのです。だからまわりに何を言われようと、何を思われようと、最後の最後まで自分の論理でつっぱってものを書くしか、やり方を持たないのではないか？　そういう感じを受けます。とはいってももちろん論文を書いているのではなく、小説を書いているわけですから、最後にはこらえきれずに叙情や情念はばあっと出てくる。でも最後までは懸命にこらえる。たとえは悪いけれど、東映のやくざ映画で、高倉健が最後までじっと歯を食いしばってこらえてこらえて我慢する。最後に鞘《さや》を払って斬り込む。これに似ていますね。

エゴとセルフという本書におけるテーマに即して言うならば（今回は図式にしにくいのでしませんが）、この作家の作品は、エゴの安易な発露を小説的にきっぱりと抑えきることによって生じる発熱を、たしかな自己存在のための重要な滋養としているようにも見えます。こういう小説的な発想は、ほかの日本人作家の中にあまり見ることができないように思います。

丸谷才一という人は小説家として、「芸が勝っている」という言われ方をよくされるようですが、僕は実はそうは思いません。今回、作品を系統的に読んでみて、その思いをあらたにしました。たしかにうまいことはうまいです。僕がこんなことを言うのも僭越だけれど、小説の書き方はそりゃうまい。でも更につきつめて読み込んでいくと、この人は本質的には、うまいという以上に実は不器用な作家なんじゃないか。そう思わざるをえないのです。僕は出身地がどこだから性格がどうこうというようなステレオタイプな考え方をあまり好まない人間ですが、でもそういう意味ではこの作家はいかにも「東北人」らしいな、と感じるところがないではない。

でもその不器用さが、不器用なるが故に読者の心をときとしてきわめて深く刺すし、「樹影譚」はその特質がもっとも有効に出てきた見事な例のひとつだと、僕は考えています。

次回は長谷川四郎「阿久正の話」を読みたいと思います。

〈注・この本（単行本）が出たあとで、三浦雅士さんから指摘を受けたのですが（「群像」平成十六年一月号）、この批評は現実に存在しているそうです。マルト・ロベールの「起源の小説と小説の起源」という、批評の世界ではずいぶん有名なものであるらしい。僕は文芸批評という分野にはまったく不案内なので、恥ずかしながら知りませんでした。しかし、決して開き直るわけではありませんが、ほとんどの読者の皆さんも、僕と同じようにマルト・ロベールさんのことをご存じないのではないでしょうか？（もしご存じだったとしたらすみません）とすれば、僕のこのような「降雨確率」的な予想（仮説）も、ある意味では現実的な蓋然性を持ちうるのではないかと、僕としてはちょっと考えてしまうわけです。テキストについてのすべての事実関係を知らなくてはそのテキストを理解することはできないということではないのだから。そしてまた、僕はついつい考えてしまうのです。もし僕の仮説（八〇パーセント）が的中していて、これが丸谷さんのまったくのでっちあげだったとしたら、それはそれで素敵だったろうな、と。もちろんでっちあげじゃなくても、「ひょっとしたらそうじゃないか」と読者に思わせるだけで（あるいはふと迷わせるだけで）、効果は十分に発揮されているわけですが〉

長谷川四郎「阿久正の話」

I

僕はいぜんから長谷川四郎の短編小説が好きで、けっこう手にとって読んでいたんです。ところがいざテキストを選ぼうとすると、どれにしたものかと意外なくらい深く悩みました。「これでなくては」というひとつがどうしても思い浮かばないんです。これは不思議でした。というのは、何も考えずに一読者として読んでいるときには、そういう印象はまったく受けなかったからです。「ああ、面白いな。みごとに書けているな」と思ってすらすらと読んでいただけでした。

一般的に定評があるのはいわゆる「大陸もの」というか、兵隊時代からシベリア抑留時代を背景にした自伝的な色彩の濃いもので、具体的に名前をあげると「鶴」とか「張徳義」とか、あとは「シベリヤ物語」の中の幾つかが代表作とみなされています。これらはだいたいが初期の時代の短編作品ですね。シベリアから一九五〇年に日本に引き揚げてきて、それから二、三年のあいだにほとんど一気に書かれた作品群です。それらの

作品の印象はあまりに強いので、長谷川四郎がその後もずっと一九七〇年前後まで、現
役の文筆家として、公私にわたって幅広い活動をしていたことがなんだか意外に思える
くらいです。

たしかにそれらの初期の作品には、他の同種の小説の追随を許さない凛とした気品と存在感があります。単なる戦争体験談にはとどまらず、小説としての意志のようなものが自立してあります。僕自身もやはりそれらの作品が作者の残した作品群の中ではぬきんでてみごとだと考えています。同じような作者の兵隊時代の経験を題材にした連作短編小説集「模範兵隊小説集」（一九六六）がありますが、小説としては初期のものに比べてより巧妙に、より意識的に意欲的に書かれているものの、そのぶん独特の瑞々《みずみず》しさが薄れていて、寓話化（象徴化）の構図が目立ってしまう傾向があるように感じます。自然な動きの風通しが不足して、続けて読むと少ししんどいですね。衣装がどことなく借り物っぽいんです。読んでいて、ときどき休憩しないと肩がこってくる。もちろん、「いや、そういうのがいいんだ」という人もおそらく世間には少なからずおられるとは思うし、僕は何もそういう考え方にケチをつけるつもりはないのですが、個人的にはやはり初期の作品群を取りたいし、ほかの多くの読者もたぶん同じ気持ちじゃないかと推察します。長谷川四郎といえば、戦後間もなくのころに書かれた「大陸もの」――これで決まりだろうと。

しかし僕はあえてこれらの定評ある「大陸もの」を全部はずして、戦後日本の社会を題材にとった短編「阿久正《あくただし》の話」を、今回のテキストとして選ぶことにしました。実を言うと、いちばん最初にぱっと「阿久正の話」が頭に浮かんだんです。これでいこうと。何かひとつだけ選んで長谷川四郎を論じるとしたら、これしかないんじゃないかと感じたわけです。とくに根拠もなく。ただ「どうしてこれなんだ？」というのが自分の中でもはっきりとしなかった。だからあれこれと悩んじゃったわけです。

「阿久正の話」というのは、長谷川四郎の作品をある程度系統的に読んでいくと、魚の骨が喉にひっかかるみたいに、読者の（少なくとも僕の）心にひっかかってくる話なんです。読むときにはすっと読んでしまうんだけれど、読み終えてから簡単に忘れてしまうことができない。同じ短編集に入っているほかの幾つかの短編なんてずいぶん忘れてしまっているのに、この作品だけは妙にくっきりと細かいところまで記憶に残っています。でもそれがどうしてなのか、いったい具体的に何が僕の意識にひっかかるのか、もうひとつよくわかりませんでした。だから今回何度も繰り返して、河原の石をいちいちひっくり返すみたいに、細部まで丁寧に読んでみたんですが、それでもまだはっきりしない。不思議な小説です。

でもある時点でこう思ったんです。この作品については、綿密に行間を読み込むというんじゃなくて、逆に少し後ろにさがって、パースペクティブを広くとってみると（木をなるべく見ないようにして森を眺めると、ということですね）、意味と構造はもう少しわかりやすくなるんじゃないかと。僕はこの作品について、ここで、とりあえずそういう接近方法をとってみようと思います。だから作品に実地に取りかかる前に、長谷川四郎という作家の世界をおおまかに検証してみたい。

おおまかに言って、とりあえず「大陸もの」ひとまとめ vs.「阿久正の話」という、かなり乱暴な図式を頭の中で設定してみたいと思うのです。地理的に時間的に言い換えれば、長谷川四郎における「大陸（１９３７〜５０年）」vs.「戦後日本（１９５０年以後）」という図式ですね。そうしてみると、「阿久正の話」という作品が立つべく与えられた位置が少しずつ見えてくるのではないかという気がします。

もし今回のテキストとして数ある「大陸もの」の中のどれかを選んだとしたら（その選択はむずかしくはあるけれど、もちろん不可能なことではありません）、おそらく僕はその取り扱いにかなり——つまり今以上にということです——四苦八苦していただろうと思います。地理も知らないシベリアの深い森に分け入って、その中から一本の木を探すというハメにも陥りかねない。「大陸もの」における長谷川四郎の世界はそれくらい面倒で捉えどころがないものであるような気がするのです。それはきわめて魅惑的でありながら、不思議に無感覚なところがある。内容的に深くありながら同時に平板でもあり、直接的でありながら同時に遠くに乖離《かいり》している。さまざまな小説的な美質と欠点とが境界線を越えて混在し、一体化している。そんな具合にとめどもなく絡み合ったいろんな要素を、あっち側とこっち側とに簡単にはひっぺがすことができない。これは本当に難物です。すらすらと楽しんで読むぶんにはいいけれど、あらためて系統的に論じるのは簡単じゃない。

その点、このどちらかというとまだひっぺがしやすい「阿久正の話」を取り上げて、「大陸もの」の延長線上にあるものとして——またある部分では拮抗するものとして——焦点を合わせることによって、僕らはむしろ「こっちの世界」に長谷川四郎という作家をひきこんで論じることができるんじゃないかと思うのです。とはいっても、僕はこの「阿久正の話」が作品的に劣っていると言っているわけではありません。またネガティブな意識をもってこの作品を取り扱おうとしているわけでもありません。「阿久正の話」はそれ自体として、とてもユニークで、印象的な短編小説です。前にも述べたように不思議に心に残る話です（ただしそこからは、長谷川の初期の短編に解析不能な特質を賦与していたとくべつな何かは既に失われていますが）。

僕としてはむしろこの作品を大事な手がかりにして、彼の「大陸もの」がなぜかくも魅力的になり得たのかについて、さかのぼって考えてみたいと思うのです。どうして長谷川四郎は、「大陸もの」を書いていたころのとくべつな何かを、戦後日本の風土の中で失っていったのだろう？　なぜそれは失われないわけにはいかなかったのか？　つまり長谷川四郎という作家の優れた特質と、その限界はどのあたりにあったのか、ということですね。

最初に大陸時代の長谷川四郎の略歴のようなものをざっと簡単に紹介しておきたいと思います。長谷川は一九三七年に二十八歳で南満洲鉄道に入社し、大連に渡りました。この会社は当時としてはかなりリベラルな雰囲気のところだったようです。ここで彼はロシア語を習得し、四二年には満鉄を辞めて満洲国協和会調査部というところに入ります。ここにいるあいだに彼はアルセーニエフの「デルスウ・ウザーラ」（黒澤明の映画化で有名）を翻訳出版します。きっとけっこう暇があったのでしょうね。四四年三月には軍隊に召集され、ソ連との国境に近いハイラルの勤務になります。しかしその部隊は間もなく南方戦線に移動し、途中で輸送船を沈められて全滅します。ただ長谷川だけは一人、ロシア語ができるという理由で移動から外されて北方勤務を続け、幸運にも生き残ります。四五年ソ連参戦により降伏、その後捕虜として五年間にわたりシベリア各地で肉体労働に就きます。

部隊の南方への移動から外されたということもそうですが、長谷川はこのほかにも一度奇跡的な命拾いをしています。それはソ連が参戦した八月のことです。そのときに彼はソ満国境での監視哨に勤務していたのですが、訪ねてきた奥さんに満洲里《マンチューリ》で面会するために数日間部隊を留守にしているあいだにソ連軍の侵攻があり、その監視哨はあっけなく全滅しています。そうしてみると、長谷川四郎という人は本当に強運のもとに生まれてきたとしかいいようがない。数多くの犠牲者を出したシベリアでの捕虜生活においても、彼は紙一重のところでしぶとく生き残り、無事に日本に戻ってきます。

もっともそのような苛烈な――しかし結果的には幸運に恵まれた――戦争体験が、彼の人間性や作品にどのような影響を及ぼしているのか、僕には正確なところはわかりません。長谷川もそのような個人的な体験をただ小説的事実として、投げ出すみたいに飄々《ひょうひょう》と記しているだけで、それについての主観的、心情的な記述はそこにはまったくといっていいほど見受けられません。もちろん生身の人間ですから、それだけの体験をして影響を受けないわけはないはずですが、彼はそのあたりのことを決して口には出さない。このへんが長谷川四郎の真骨頂であるということもできるでしょう。

彼は「わたしは戦争がなかったならば、小説みたいなものを書くハメにおちいらなかっただろう、と思われる」とどこかに書いています。もちろん作家の発言が真実であるという保証はどこにもないのですが（僕自身は、作家の発言というものは多かれ少なかれみんな嘘だと思っています）、彼が戦争によって小説を書くための大きな動機を得たというのは確かだと思えます。

しかし彼の小説の書き方は非常に独自のもので、きわめて個人的というか、まず自分の中でひとつの宇宙をとりまとめて、それから外に向かってドアを開けて、その出し入れをしていく——というやり方です。それが凛としているという部分でもあるし、いささか頑固で個人的すぎて「開かれていない」と感じられる部分でもある。そういう点では、長谷川四郎の作品は戦後の一時期にどっと出てきた戦争物とはまったく趣を異にしています。

たとえば野間宏の「真空地帯」や大岡昇平の「俘虜記」なんかに比べると、小説としての成り立ちがもう圧倒的に違いますね。野間や大岡のほとばしり出るようなメッセージ性は、ここにはほとんど見受けられません。「これだけはどうしても書かないわけにはいかないんだ」という切迫したものはありません。マイペースというか、なんだかのんびりとしているというか、「生死、紙一重」というような切実な感じがほとんど伝わってきません。比較的のんきな感じのする安岡章太郎の「遁走」や小島信夫の「小銃」だって、長谷川四郎の作品群に比べたらまだパセティックです。あえて同じくらい淡々としたものをあげるとすれば、木山捷平の満洲ものくらいですが、戦争体験の苛烈さからいえば、この二人のケースは比較にならないでしょう。長谷川四郎の場合は実に重い体験をした当事者であるはずなのに、そこに漂っている雰囲気はむしろ傍観者的です。

それが――つまり重い体験を情緒を排して軽く淡々と書くということが――長谷川四郎という作家のそもそもの小説スタイルだと言ってしまえば話は簡単です。しかしこの人の場合、ただ「それが個人的な小説スタイルなんだ」というだけでは捌《さば》ききれない部分があるんじゃないでしょうか。というのは、そこにはあまりにも破綻というものがないからです。そういう領域での試行錯誤というものがほとんど見受けられないのです。構成的にも、手法的にも、文体的にもすべてがあまりにもすらりと、定規で線を引くみたいに収まりすぎている。書きすぎだというところもないし、ここは書き足りないというところもありません。とても綺麗に均整がとれている。もちろん作品によって出来不出来はあるのですが、とにかく破綻はない。

その事実は僕を少し不思議な気持ちにさせます。小説を本格的に書き始めてほんの数年という段階で、これだけたくさんの短編小説を一気に発表して、それらのどこにも小説的に破綻が見あたらないというのは、いささか不自然ではあるまいか？　とすれば、それはスタイルというだけで片づけられる問題ではないんじゃないか。

まず文体の問題。これを取り上げてみましょう。

この人のちょっと突き放したようなクールな文体はいったいどこから来ているのでしょうか？　それについて僕は詳しく研究したわけではないので断言はできないのですが、

読んだ感じからいくと、やはり翻訳作業の中から自然に生まれてきた文体であろうという印象を受けます。その直接のルーツは伝統的日本文学の中にではなく、むしろ他国言語の表現形態の中に見受けられるようです。僕自身も翻訳をするのが昔から好きで、その作業を通して文体や小説のスタイルの多くを学んできたわけですが、それと同種の形跡を僕は長谷川四郎の作品の中に見出さないわけにはいかないのです。長谷川はそのキャリアの最初から最後まで一貫して、実際にものすごく沢山の翻訳をやっています。というか著作リストを見るとむしろ、翻訳の合間に自分の作品を書いているという方が近いくらいですね。

ひとつの言語で書かれた文章を他の言語＝母国語に移し替えるという行為（翻訳作業）は、言うまでもなく一定の文体を必要とします。翻訳をしようという人は、他言語を正確に理解する能力とともに、彼／彼女固有の文体を前もって身につけていなくてはなりません。それによって初めて翻訳は翻訳としての意味を有することになります。しかしそれと同時に、テキストの文体は逆向きに翻訳者の文体をも規定します。他言語のリズムなり生理なり、あるいは思考システムなりは、月の引力が地球の海の干満をもたらすように、その翻訳者の固有の文体に否応なく影響を及ぼします。言語システムを転換するという行為を通じて、僕らの「こっち側」の文体＝言語認識は多少の差こそあれひとつの洗いなおしを受けることになります。そのような洗いなおしは、多くの局面においては有意義、有益なものであると僕は信じています。文体とはとりもなおさず「意識のあり方」であり、僕らはそのような意識の交流の中から、多くの種類の価値を学ぶことができるからです。僕らは翻訳作業を通じて、複合的な意識の視点を、自然に身につけていくことができます。

しかしプラスばかりではありません。同時にそこには危険性もあります。それはつまり「入超」になるということですね。外部からの「意識」流入が強く大きくなりすぎて、そちらに力が吸い取られてしまって、内発的な要素がうまく吸い上げられなくなる。そうなると、たしかに立派な文章スタイルはできたし、小説的ヴィジョンも立派だけれど、地面に根っこがうまく張れていないということにもなりかねません。これは小説家としては命取りになりかねないことです。

正直に言えば、僕自身も他言語システムの強い影響下に自分の文章スタイルを築き上げてきた人間の一人です。その文章スタイル構築前に誰か日本の作家の影響を受けたこともありませんでした。僕は長谷川四郎という人もおそらく同じような立場にあったのではなかったかという気がするのです。この人はおそらく尊敬し、愛読する特定の日本人作家を持たなかったのではあるまいか？

僕がこの人の初期の作品を読んでまず感じたのは、ずいぶんロシアの小説の影響を受けているようだな、ということでした。というか、幾つかのものはまるでロシアの小説そのものみたいなのです。たとえば短編集「鶴」に収められている「ガラ・ブルセンツォワ」なんて白系ロシア人の一家の話で、話の中にほとんどロシア人しか出てきませんね。これを読んでいると、ロシア人の作家が書いたものとしてもそのまま通用してしまうでしょう。読んでいて「うまいなあ」と思うんだけれど、じゃあそれで何がどうなんだということになると、適当な言葉が出てこない。よく書けているのはたしかだけれど、長谷川四郎という日本人の作家がこのような作品を書く意味と目的がどこにあるのだろうと考え込んでしまう。このような作品を書く彼の視線と立場はある程度わかるのだけれど、それでもやはり僕は首を傾げざるをえません。

「どうしてもう一歩突っ込んで、こっちにぎゅっと引き寄せてこないんだ?」と僕は(僭越ながら)歯がゆく思うのです。これだけの素材と文章力をもってして、ひとつのよくできた逆翻訳的な「お話」を書くだけではあまりにももったいないだろうと。言い方として厳しいかもしれないけれど、これじゃひとつの興味深い異国的な風景をとてもうまく描いたというだけで終わってしまっている。血肉にはなっていない。この作品はもちろん極端な例ですが。

思うのですが、長谷川四郎という人はずいぶんな才人ですよね。彼が語学を習得する力はまことに強烈なものです。ロシア語、中国語、ドイツ語、スペイン語、片端から身につけて、それを使って次から次へと文芸翻訳をしている。そして、いわばそれと同じ意味あいで、ほとんど同じシステムのもとに、彼は日本語の小説文体をも見事に取得しているように、僕の目には見えます。

彼はその文体を軽々と身にまとって使いこなし、素晴らしい小説を書いていく。とにかく文章はうまいです。テクニシャンというのではないのだけれど、やたら文章の筋がいい。物語の運びも、要所要所でしっかりとネジをしめたり、融通無《む》碍《げ》に緩めたりで、コツを心得ている。読んでいるとするすると流されていって、小川が岩間を抜けながら森の中に入っていくように、長谷川四郎の森の中に知らず知らず引きずり込まれていきます。これだけの文章を独力で身につけたというのは、なんといってもたいしたものですね。極端に言えば、そこでもう話を止めてしまうしかない。これはとにかくこの世界なんだから、もうこれでいいじゃないですかと。

でもあえてけちをつけるなら、この人の文章には打ち消しようもなく後天的な匂いがします。技術的にも文学的にも言うべきことはないのだけれど、この人の文章には「存在の狂気」とでも呼ぶべきものがいささか先天的に不足しているような印象を受けます。文章という根っこが、小説という樹木が、地底の水と養分を十分には地上まで吸い上げていないのではないか。だからこそ、「ガラ・ブルセンツォワ」だってなんだか外国の借り物の話みたいになってしまうんじゃないかと思うのです。

これまでにこの連載で取り上げてきた作家たち（吉行、小島、安岡、庄野、丸谷）の文章には、多かれ少なかれ純粋な狂気が含まれています。狂気というと言葉はちょっと悪いけれど、説明しようのない精神のマグマのようなものです。それが彼らを否応なく前に駆り立てて、彼らの小説を小説として成立せしめている。その狂気は彼らの人生の過程において膨らんだり、縮んだり、安定したり、置き換えられたり、ある場合にはかすんでしまったりもします。しかし彼らの小説はその先天的な狂気によってそもそもの枠組みと制度を定められている。ところが長谷川四郎の場合には、その狂気が――少なくとも僕の目には――うまく見あたらないのです。いくら目を凝らしても、それが見えてきません。

自我（エゴ）と自己（セルフ）という一連の図式をひいてくるならば、彼の自我はしっかりと自己の中に塗り固められ、その姿をちらりと見ることすらかないません。それどころか、彼は自己をも高いコンクリートの壁の中に囲い込んでしまっているようにさえ見えます。彼は、言うなればそのような厳密きわまりない二重の隠蔽をしながら小説を書いている。これは——ひとりの小説家としてあえて言うのですが——実に驚嘆すべきことです。まるで一輪車乗りのジャグラーみたいだ。

何もそれがいけないというのではありません。何も長谷川四郎のそのような文体や小説スタイルに意味がないと批判しているのではありません（最初にも書いたように僕は基本的には彼の小説のファンなのです）。むしろそのきっぱりとした切り捨て具合はまことに見事だと感服しています。だからこそ彼の作品は今でもしっかりと生き残っているし、読者の手に取られている。戦後日本文学の主流の多くの部分が現在ずいぶん冷や飯を食わされている中で、彼の主要作はちょっと大きめの書店に行けば文庫本で簡単に手に入ります。彼の時流におもねらない個人主義的な小説スタイルは、今新しい読者によって再評価されているといっても過言ではないし、それは決して驚くべきことではないと僕は思います。

そしてまた満洲戦線からシベリア抑留の事情を描いた純文学小説の中で、今でもアクチュアルに生き残っているものと言えば、長谷川四郎のこれらの一連の短編くらいしか思いつけないのです。これは見事な達成であると言って良いだろうと思います。言い換えれば、長谷川四郎は文学者として、発言者として、その歴史的役割（責任）を見事に果たしているわけですから。

ただしここで言いたいのは、「でもそれだけじゃ足りなかったんだ」ということなのです。隠蔽するのはちっともかまわない。しかし小説というのは相反した意志、行為を同質化する営みです。深く隠せば隠すほどそれがうわあっと防ぎようなく外に出てきてしまう——極端に言えばそれが小説です。それが小説家を小説家たらしめる狂気です。僕はそう思います。でもそのうわあっという狂気は、長谷川四郎の作品には希薄です。もちろん「そこがいいんじゃないか」と言われたらそれまでです。でも僕は彼の作品が好きであればこそ、そこに塗り込められていたはずの狂気が、だんだん外に出てくるところをこの目で見てみたかったのです。分厚い氷河が溶けて、凍り付いていた心臓が外にこぼれ出て、もう一度どきどきと動き出すところを、僕は見てみたかった。僕は長谷川四郎のそういう小説を一度でいいから読んでみたかった。でもそれは残念ながら見果てぬ夢だった。

彼の小説の中の「狂気の不在」が何に起因しているのか、僕には断定することができません。それは生まれながらの資質であったのかもしれません（おそらくそうだったんだろうと思います）。あるいはそれは、五年間のシベリア抑留によってもたらされたものであったのかもしれません。長谷川にとってのその体験はあまりにも大きすぎて深すぎて、そのためにいろんな事実を、ある意味では傍観者としてしか語れなくなったのかもしれません（少しはそれもあったかもしれない）。しかしそのへんの事情は残念ながら僕にはわかりません。
ひとつ僕に言えるのは、それがどのような原因でもたらされたものであるにせよ、長谷川四郎が戦後の日本文学シーンにおけるきわめて特異な存在であり、アウトサイダーであったということです。

生徒A（編集者）――たしかに長谷川四郎は戦後の日本文学シーンにあっては一貫してアウトサイダーでしたね。つまり一般的に文芸時評に取り上げられるような作家ではなかったということです。「あの人は特別だから」という雰囲気はありましたね。高等遊民というか、「あれは趣味でやってるんだろうよ」というような（笑）。基本的にはやはり文章がうますぎたと思うんです。ああいううまさというのは、日本文学の伝統からするとちょっと受け入れられないです。喜怒哀楽ってものがないんですね。本人からして「喜怒哀楽を捨てちゃったところで俺は小説書くんだ」と構えているところがあるんでしょうね。それはそれでいいんだけれど、そういうところはやはり一流の小説家ではないと思う。この人は小説家であると同時に大学の先生であり、翻訳家であったわけです。おまけに最後の砦みたいに「俺は詩人だ」というのがあります（笑）。はじめからそういう逃げ場みたいなのがあった。
それはそれとして私は思うんですが、今の日本の小説がいちばん力を失っているのは、この喜怒哀楽ですよね。最近の小説の多くって、読んでいて喜怒哀楽みたいなのがこっちにもうひとつ伝わってこないんです。

なにも喜怒哀楽をいちいち描く必要はないんです。そんなもの全部すっぽかしたっていい。ただしそれは伝わってこなくてはならない。それを読者に伝えられない小説は、やはり一流の小説とは言えないでしょう。僕もそう思います。「最近の小説」のことは僕にはよくわからないし、この話のテーマではないのでパスしますが、一般的に言って、どれだけスタイリッシュに小説を書いていこうと前もって決心していても、書いているうちに内部から否応なく湧き出てくるものというのはやはりあるんですよね。それが設定されたスタイルを内側から突き崩していく。それこそが小説の与える基本的なスリルです。どんな小説だってそれがないと嘘なんです。もしそれが出てこなかったとしたら、そこが小説家にとっての限界の線です。

しかしそれにもかかわらず、我々が長谷川四郎という作家を近過去に持ったという意味は決して小さくないと僕は思うのです。創作者としてあるいはいささかの限界はあったかもしれないけれど、彼のおかげでひとつの新しい文学的細道は拓けたはずだと思います。そういう意味では本当にオリジナルな作家ですね。少なくとも誰の真似をもしていない。自分のやりたいことを、自分のやりたいスタイルで、やりたいようにやった。

そしてたぶん僕なんかも一人の後輩作家として、意識こそしなかったものの、有形無形にその恩恵をこうむってきたんじゃないかという気がするんです。あとになって読んで、ふとそう感じました。

生徒A——話はちょっとリンクしないかもしれませんが、村上さんは初期の「風の歌を聴け」と「1973年のピンボール」あたりでは土俗性みたいなものを徹底して排していましたよね。僕としては長谷川四郎のスタイルにそういうのを感じるところが、ないでもないんです。

そうですね。僕の場合、そういうのまったくなしで小説を書いてやろうと、始めから決意していたんです。もともとの僕の生活にはそういう土俗的な要素はほとんど含まれていなかったですし。そういう意味では最初に長谷川四郎を読んだときに「そうだよな」と深く感ずるところがありました。最初に彼の作品を読んだのは僕が小説家になってずいぶんたってからですけれど。

それで僕の場合まず二つ小説を書いて、多くの読者がそれをけっこう新鮮だと感じてくれた。もちろんかなりの逆風はあったけれど、手応えみたいなものも同時に強く感じました。でも僕自身はそのときにこう思ったんです。「いつまでもこれだけじゃ駄目だ」

って。目新しいものはいつか風化してしまう。だからそれがまだうまく機能しているうちに、僕は小説の根をもっと深くして、自分にしか汲み上げられない養分を地下から吸い上げることを考えようと。そうやっていかないと小説は必ず枯れてしまう。それでそこから「羊をめぐる冒険」と「世界の終りとハードボイルド・ワンダーランド」の方向へと進んでいくわけですね。考えてみると、僕の場合にはもともと「書くべきこと」がとくになかったんです。「どうしてもこれだけは書かなくては」という強固なメッセージみたいなのが、僕の人生の中にも、生活の中にもなかった。おかげで書き始めるまでに時間はかかったけれど、結果的にはそれが逆に幸運だったのかなと思います。だからこそ具体的な束縛を感じることなく、フリーハンドで前に進んでいくことができたんじゃないかと。

小説家長谷川四郎にとっての「不幸」というものがもしあったとしたら、それは満洲とシベリアという風土が、あまりにも彼のスタイルにぴったりとはまりすぎていたということだと思うのです。逆に言えば、満洲とシベリアは長谷川四郎という芸術家のスタイルを全面的に受け入れ、抱擁したのです。これは留保なしの、いわば一世一代の邂逅《かいこう》であったと僕は思うのです。もちろんそれは長谷川四郎個人にとっては過酷な体験であり、状況であったでしょう。しかしそれと同時に、彼には自分でも内心わかっていたと思います。「これが俺の居場所なんだ」と。だからこそ彼はシベリアの捕虜生活をすすんで受け入れていった。

彼はどこかで「自分は罪あるものとして、よろこんでシベリアに服役した」という発言をしています。もちろんそれはある程度本当だと思います。満鉄社員、満洲国協和会職員として、彼は「罪ある」光景をいたるところで目にしてきたはずです。それに責任を感じていたことは事実でしょう。しかし決してそれだけではあるまいと僕は思うのです。それだけで簡単にA＝B的に片づけられることではあるまい。彼がシベリアにすすんで——あるいは半ばすすんで——赴いたのは、要するに本人がそこに行ってみたかったんじゃないかと。

こういう言い方は酷かもしれないけれど、長谷川四郎はなにはともあれもっと西の方に行ってみたかったのではないか。そこに何があるのかを、自分の目で見てみたかったのではないか。そういう好奇心が彼の中に抑えがたくあったのではないか。僕は彼の作品を読めば読むほど、そういう気がしてならないのです。

とくに長谷川はロシア語が堪能です。そうなると捕虜とはいっても一般の捕虜ではなくて、一種の専門職みたいな存在になってきます。通訳というのはどこでも重宝されますから。もちろん「シベリヤ物語」を読めば、彼が他の捕虜と同じように厳しい肉体労働に従事していたことはわかります。しかしただそればかりではあるまい。語学ができるというのは、異国での虜囚生活にとって掛け替えのない貴重な財産であったはずです。

彼はおそらくその能力をフルに利用したに違いない。これは僕にもいささか経験があることですが、少しでも語学ができれば、外国における生活のあり方というのはずいぶんその質が変わってくるものです。水の中に放り込まれて、泳げる人と泳げない人の違いくらいはあります。

とくに長谷川四郎の三人の兄は全員が芸術家（作家、画家）であり、全員が外国生活を経験しています。この時代にあっては希有な例ですね。とくに長兄の長谷川海太郎はアメリカで放浪生活を送り、谷譲次の名前で小説「めりけんじゃっぷ」シリーズを書いて名をなしています。そういったコスモポリタン的、芸術家的な空気が彼の育った家庭にはあったわけです。当然のことながら、四郎も小さいときから海外に憧れていた。大学を出たあとパリに留学したかったが、それがかなわずに満鉄に入って大連にやってきたわけです。

ごく乱暴な言い方をすれば、戦前戦中の満洲も戦後のシベリアも、長谷川にとっては少なからず海外遊学的な色彩を帯びていたのではなかったかと、僕は推察します。前者は植民地経営側のひとり（抑圧者）として、後者は捕虜（被抑圧者）として、天と地ほども違った立場に置かれているわけですが、にもかかわらずそこに彼はロマンのようなものを等しく見いだしていたような気がする。そしてそれらの異国の土地の空気は、長谷川四郎の頭の中にあった（翻訳なんかを通じて少しずつ形作られていた）文章のスタイル＝世界を切り取る視線を、実にぴったりと受け入れてくれたのです。

小説をお読みになっていただければわかるように、彼はその風景の中にきわめて自然に足を踏み入れ、とけ込んでいきます。彼自身、そもそもの最初からその一部であったみたいに。そこには違和感というようなものはほとんど見受けられません。だからさっきも言ったように、風景描写、人物描写、見事ですよね。目の前にありありと浮かび上がってくる。まるで自分がその場所にいるような気分になる。実際ににおいがして、音が聞こえてくる。言葉が生命を持っています。とくに「鶴」の文章の描き出す風景は印象的です。国境線（といっても、それはただ草原の真ん中にトラクターの軌跡がずぼんと残っているだけなのですが）について彼はこんな文章を書いています。

人家は一軒も見えなかったが、ただ、消えた道路のほとり、国境線にそって、一本の棒杭が立っていて、それはむかし道標として立てられたものに違いなかったが、今は何の用にも立たず、さびれ、黒ずみ、たたずんでいた。だが黄昏時《たそがれどき》に、この枯れた木の傍に立ってみると、国境線をへだてて両側に一つずつ、非常に遠く、小さな燈火が見えるような気がした。それらは点滅してたがいに何か信号でもかわしているように思われたが、眼をこらして見ると、まるで一枚の草の葉のかげに隠れてしまったかのように、もう見えなかった。

むずかしい言葉なんかひとつも使っていないのに、骨格のぴりっとした品の良い文章ですね。うまいなあと感心します。さっと読んでしまうとなんということもない平易な文章に見えるかもしれませんが、これは普通の人にはちょっと書けないですね。具体的に感情を表現する言葉はひとつも出てきませんが、その奥にある寂寥感がすうっとこっちに伝わってきます。長谷川四郎の作品の魅力というのは、こういうところにあるんです。

前置きがずいぶん長くなってしまいましたが、そろそろ肝心のテキストの「阿久正の話」に移りたいと思います。

Ⅲ

この「阿久正の話」という短編小説は一九五五年に発表されています。ということは、彼が五年間に及ぶシベリア抑留から解放されて、一九五〇年に日本に戻ってきて、「鶴」「シベリヤ物語」といった一連の瑞々しい「大陸もの」を発表し、作家としての評価を得たあとに書かれた作品ということになりますね。この時期には彼はもう「大陸もの」

を書くことをやめていたようです。「書くべきものは書いた」という雰囲気さえ漂っています。終戦以来もう十年が経過しているし、シベリア抑留生活五年の「時差」を抱えた長谷川四郎にとっても、そろそろ「平常復帰」の時期が来ていたのでしょう。そのようにして彼は戦後日本の日常の中に足を踏み入れて行く。こうしたことのひとつの象徴として、あるいは道標として、「阿久正の話」が生まれてきます。大事な位置にある作品です。

　題を見ればおそらくおわかりのように、これは魯迅の「阿Q正伝」のもじりになっています。それで今回実に久しぶりに「阿Q正伝」を引っぱり出して読み返してみたのですが、正直に言って「阿Q正伝」と「阿久正の話」が持っている共通項というのが、僕にはもうひとつよくわかりませんでした。このふたつの小説は話としてもあまりにも違うし、主人公の立場もあまりにも違っています。だからこのふたつの作品を並べて正面切って比較対照しても、それほどの意味はないのではないでしょうか。おそらく長谷川四郎は社会における一人の「常民」の姿を描きたかったのであって（阿Qは正確には「常民」以下ですが、まあ広義にとらえて）、タイトルにはそれ以上の意味はないのではないかと僕は思います。

　「阿久正の話」には書き手である「私」と、主人公である阿久正が出てきます。「私」はおそらく作者のヴォイスと見て差し支えないでしょう。「じゃあ阿久正は誰だ」ということになるのですが、これがもうひとつすっきりと見えてこないんですね。魯迅の「阿Q正伝」は、作者が自分とまったく違う阿Qという人間の姿をぴったりと描ききることによって、そこに魯迅自身の苦しみや哀しみが浮かび上がってくるという構図になっています。その二重性が作品に深い奥行きを与えています。ところが「阿久正の話」はそういう構図にはなっていません。

講談社文芸文庫から出ている「阿久正の話」の表紙コピーにはこうあります。

「シベリア捕虜体験を経て、戦後の日本に帰還した作家は、戦場での生と死を見詰めると等質の同じ澄んだ眼線から街の隅に息づく庶民の一人ひとりの生きる姿を凝視する。平凡極まる無名の生活者、阿久正の中に、結晶の如く光る生の真実を淡々と語っていく（後略）」

たしかにそのとおりですね。これは文学史的に見れば実にまっとうな作品の捉え方だと思います。コピーとしてもよく書けている。でも実を言うと、今回この作品を読み返してみて、「本当にそうなんだろうか？」と僕は腕組みして考え込んでしまいました。阿久正は本当に「平凡極まる無名の生活者」なんだろうか、と。

はっきり言って、僕にはそうは思えないのです。たしかに外面的に見れば、阿久正はあまりぱっとしない一介の平凡なサラリーマンです。商業学校中退で、通勤に二時間もかかるへんぴな郊外に自分の手で一部屋しかない家（というよりは小屋に近い）を建てて、そこに奥さんと二人でひっそりと暮らしている。生活も豊かではなく、給料日前になると食べるものにも苦労するくらいである。とくに取り柄もなく、会社でもほとんど注目されていない。死んだってべつにまわりに惜しまれることもなく、適当に粗雑に扱われます。まさに絵に描いたような「庶民」ですね。

ところが不思議なことに、実際にここに描かれている阿久正という人間は、よく読んでみるとぜんぜん庶民じゃないんです。看板はたしかに庶民だけれど、中身はそうじゃない。どちらかというとむしろ「遊民」に近いですね。実直にこつこつと働いて、健常な市民として給与生活はしているけれど、それ以外の面では彼は非常に個人的で、悠々と自分のペースを守って生きている。生活は苦しいかもしれないけれど、にもかかわらずぜんぜんあくせくしていない。これは普通の庶民じゃありません。じっと目を凝らすとそこに見えてくるのは、まさに長谷川四郎自身の姿です。僕はそう感じます。要するに彼は阿久正という「常民」の姿を借りて（あるいは半分だけ借りて）、自己を語っているのではないか、そういう印象を強く受けました。

それが作者＝長谷川四郎のそもそもめざしたことなのかどうか、僕にはそこまではわかりません。彼は最初からそういうポジションをとって小説を書こうとしたのかもしれませんん。あるいはまた、本来は「平凡極まる無名の生活者」を描きたかったのかもしれない。でも書いているうちに自然にそういう方向に流れてしまったのかもしれない。どちらにせよ、結果的に言えば、小説そのもののむいている方向と、書かれている内容のむいている方向は一致していません。僕はそう思います。そして結局のところ、それがこの「阿久正の話」という作品の優れて面白いところであり、また同時にまとまりを欠いている根本的な原因でもあると思うのです。

更に言えば、長谷川四郎には「平凡極まる無名の生活者」(あるいは政治的に言えば「プロレタリアート」)の姿はリアルには描けなかったのではないか。彼はよくも悪くもそういうタイプの作家ではなかった。そういう現実の相を描くためには、彼の小説スタイルはあまりにも日常的利害感覚を超越しすぎていて、あまりにも個人的で、あまりにも芸術的アリストクラートだった。だから物語の入れ物を庶民に設定しながら、そこに入れる中身としては、自分自身を流用しなくてはならなかったのです。そして長谷川自身はもちろん「常民」でも「庶民」でもなかった。長谷川は永遠の非常民＝遊民です。

そこまで考えていって、ふと不思議に思うのですが、「大陸もの」において彼が描いている兵隊＝常民の姿はずいぶんリアルで生き生きとしているんですね。あるいは「シベリヤ物語」で描かれているロシア人の貧しい虐げられた庶民の姿なんかも、とても見事です。ちょっとしたスケッチなんだけれど、そこに描かれた人間がそのまま自由自在に動き出すというところがあります。ところがいったん舞台が戦後の日本に移されると、突然それがうまく機能しなくなる。描かれる人々の動作は、背景に固定されたまま、ぎくしゃくとして自然さを欠いてしまう。それは何故だろう？

とくべつな何かが失われてしまったのだ——簡単にいえばそういうことになると思います。大陸の風土の中ではうまく機能していたものが、ぱったりと機能しなくなってしまったのです。それでは「とくべつな何か」はいったい何か？　それは簡単に言ってしまえば「非日常」ということだと僕は思います。満洲（外国、外国語）・戦争・軍隊・捕虜・強制労働……そういうものです。もっと狭く限定するなら、「共同体的非日常」と言っていいかもしれません。そのようなタイトな強圧的制度の中に一緒くたに詰め込まれることによって、長谷川は常民＝非常民という峻別を超えたところで、説得力のあるヴォイスと視線を得ることができました。制度そのものが長谷川を特例的な非常民として認めなかったわけだから、彼は常民＝兵隊という既成フォームの中に、いわば暫定的に自らを据えなくてはならなかったのです。とりあえずは彼らと同じ視座からものごとを見なくてはならなかった。そしてその視座から得た第一次情報を、彼はあとで自分なりにプロセスするために棚上げにしておいた——そう言えるかもしれません。それがつまりは彼の「大陸もの」です。そう考えていくと、ものごとは比較的わかりやすくなります。

ところが戦後の日本はそのような視座を、そのような視座を可能にしたフォームを、彼から奪い取ってしまいました。そういう目に見える強圧はなくなってしまいました。強圧そのものがなくなったというよりは、それは「目に見えないところに潜ってしまった」という方が近いのではないかと僕は思います。戦後の文学の流れの中で、長谷川が自らのポジションをうまく摑みきれなかった原因のひとつはそこにあったのではないかと僕は思います。

もうひとつには、前にも言いましたように、彼の小説スタイルは「非日常」という入れ物の中で、日本というシステムを遠く遠く離れた場所で、あまりにも鮮やかに強固に形作られてしまったのです。後戻りできないくらい強烈に。彼はそのような「非日常」の世界における「日常」を描くことはできました。非常にうまくできた。ところが逆はできなかった。そこに小説家としての長谷川四郎の限界があったのではないでしょうか。

日本のメインストリームの作家には昔から、若い時期に西欧という「非日常」に目を向け、それに強く惹かれ、年をとって成熟するにつれてだんだん「土着＝日常」に戻っていく（回帰していく）という定番的なパターンがあるようです。たとえば夏目漱石がそうです。谷崎潤一郎も永井荷風もそうです。要するに「あっち」から「こっち」へのシフトが行われるわけです。自分の中で、意識的であるにせよ無意識的であるにせよ、「こっち」側の存在のパーセンテージが増えてきます。どうしてそれが可能かといえば、「こっち」というのがもともと本来的に自己内部に存在していて、その上に「あっち」がいわば後天的なものとして賦与されていたからですね。それがだんだん色つやを失って、その結果「こっち」が表面に浮上してくることになる。

ところが幸か不幸か長谷川四郎の場合には、この「こっち」がそんなにきちんとは備わっていなかったみたいです。特殊な家庭環境や、本人の本来的嗜好や、長くどっぷりと大陸に暮らしていたことや、いろんな事情が相まって、下地のほうにまで「あっち」がかなり入ってしまっていたわけです。だからそろそろ変わりどきだということがわかっていても、「あっち」から「こっち」に「はい、わかりました」と簡単に移ってくることができなかったのです。そして結局うまくシフトすることができないままに、小説家としての長谷川は迷いに迷い続けます。彼は自分のスタイルを受け入れてくれる「非日常」を、戦後日本社会の「日常」の中にどうしても見出すことができませんでした。

彼はマルクシズムの論理と実践の中にも自分の居場所を見出すことはできなかった。ブレヒトの寓話的解釈の中にも、それを見出すことはできなかった。それらはどうしても、長谷川の鋭く個人的な世界とはそぐわなかったのです。所詮は借り物の衣服のようなものだった。おそらくそれは本人にもわかっていたと思います。しかし残念ながら、それにとって代わるべきものを、彼は持ち合わせなかったようです。なぜかと言えばそれは、再三繰り返すようですが、彼の「非日常」体験の意味があまりにも大きすぎたし、あまりにも強烈すぎたからです。それは強固で濃密なものだった。それは彼という人間＝表現者の感光紙にぱあっと焼き付いてしまっていたし、それを消し去って頭からまたやり直すことは、もうできなかったのです。

彼のそのようなジレンマの体験は、現在ここにいる、より若い我々＝表現者にいくつかのことを教えてくれます。

ひとつは、我々の多くは「非日常」を持たないわけだけれど、それはある意味では幸運なことであるかもしれない、ということです。我々は戦争も経験していません。平和という、いわば限りのない退屈の中で生きています。また我々の多くは——都会に住む多くの人はということですが——もう「土着」（中上健次的な意味での土着です）さえ手にしてはいない。ある時期にマルクシズムが提供した理想も、とっくの昔にその意味を失ってしまった。すべての事象は色彩を欠いて平板化し、平板じゃないものはややこしい意味の迷路の中であっという間に蜘蛛《くも》の巣にからめ取られ、現世的メディアによって滋養をあらかた吸い取られてしまう。あとにはかすかすの抜け殻しか残らない。「じゃあ俺たちはいったい何を書けばいいのだ」、というのが現在の文学にとってのひとつの大きな命題になっています。そこには目に見える切実な文学的テーマやサブジェクトは存在しないみたいです。

しかしだからこそ、我々はそのような平凡な日常の表層の下から、自分の二本の手で平凡ならざる新鮮な「非日常」を掘り起こしていくことができるんじゃないかと、僕は思うのです。それはたしかに簡単なことではありません。でもそれこそが実はもっとも重要な達成ではないかと思うのです。そうすることによって、我々は少なくとも、長谷川四郎が戦後日本の退屈な「日常」の中で直面しなくてはいけなかったジレンマを回避することができるのではあるまいか。

そのような「場」に、もし長谷川四郎を我々が最初から得ていたとしたら、彼はそれこそ非常に興味深いスタイリッシュな物語を、我々の前に差し出してくれていたのではないかと想像するのです。彼の感光紙が「非日常」の強すぎる光線に焼き尽くされてしまうこともなかったのではあるまいかと。これはもちろん、ひとつの強引な仮定に過ぎません。しかし僕は彼の小説を読むたびにいつもふと思うのです。満洲と戦争とシベリアのない長谷川四郎は、ひょっとして今我々が目にしているものより、より巨大な長谷川四郎になれたのではないかと。

僕が長谷川四郎の作品に惹かれる意味はたぶんそこにあるのだろうと思います。そして僕が長谷川四郎の作品から、正の方向にも負の方向にも、学ぶものもそこにあるのだろうと。

しかし話がいささか先に来すぎたようなので、「阿久正の話」というテキストに再び戻ります。

これまで戦後の「平常復帰」した長谷川四郎についてあれこれと苦情を書いてきたわけですが、にもかかわらず「阿久正の話」は魅力的な短編小説です。いくらかの欠点も目につくけれど、かわりに素敵な部分もいっぱいあります。どこが素敵な部分かと言うと、まずだいいちに、この話がまだ十分には「寓話」になりきっていないところですね。作者の身体ははんぶん「寓話」方面に行きかけてはいます。でもすっかり向ききってはいない。いくつかのエピソードが、その寓話的な枠組み志向をはっきりと突き破っています。それがところどころで、この小説の小説としてのバランスを崩しているのだけれど、究極的にはひとつの大きな魅力になっているのだと思います。そこにはまだ「非日常」の世界が、硝煙の残り香のように、そこはかとなく漂っています。それがフラッシュバックのように「非日常」の光景を、我々の前に鮮やかに暗示します。具体的に描かれてはいないのだけれど、それは隠されたイメージとして、封をしたまま読者に伝えられます。

前にも述べたように、長谷川四郎という小説家のスピリットが、阿久正という「常民」的な人格の中に、入ったり出ていったりしています。これは迷いですね。長谷川四郎はそもそも明確なモデルを小説のために設定しなくてはならないところで、うまく設定できずにいるわけです。その時点でこの小説は既に寓話性を逸脱してしまっているともいえます。レールを敷いたものの、電車は上に乗っかっていない。

なぜモデルをうまく明確に設定できなかったのかといえば、結局のところ、長谷川四郎が自分のポジションをうまく明確に設定できなかったからだろう。だから作者もうろうろし、主人公もうろうろするということになってしまう。作者はある部分では自分が阿久正なる人物の中に入って仮想的な日常を生きようとし、ある部分ではそこからすっと抜けてもとの自分に戻り、あとの現実的な責任を阿久正に押しつけてしまっているのです。

だから長谷川自身が入った（らしい）部分では阿久正はかなり生き生きとしているし、長谷川が抜けてしまった（らしい）部分では阿久正はとりとめもない架空の人格みたいになってしまっています。その結果として、魯迅の阿Qみたいな「切れば血が出る」生々しいリアリティーが生まれてこない、ということになります。

長谷川四郎は全体的に「引き気味」にこの小説を書いています。彼はシベリアものもだいたいはそのように引き気味に書いてきました。それはそれでよかったんです。背景が非日常だったから。突っ込んでいくよりはクールに引いて書いた方が、むしろ小説として説得力を持つことが多かったのです。ところが「日常」世界が相手になると、長谷川的な「引き」がうまく効力を持たなくなってきたのですね。対象そのものが引っ込み気味になっているわけだから、こっちも引いたらそのままずるずる引きっぱなしという感じになってしまう。

だからこの作品においても、非日常的な空気が漂うところでは引きがふっと生きて、そうじゃないところではあまりうまく生きていない。状況描写が真ったいらな書き割りみたいになってしまっているところがあります。でも実を言いますと、その引きの「生きたり死んだり」という加減が、この小説の不思議な魅力のひとつなのです。僕なんかは実作者として読んでいて「ああ、面白いな」と思います。でもこれはどっちかというとクロウトの読み方ですね。あまり一般的ではない。

ただ僕がこの主人公からひとつ感じたのは、この人はあるいは戦争体験者なんじゃないかということなんです。そう断ずるに足る根拠は何もありません。年齢的にみても(阿久正は二十七歳ですから)戦争に行くにはあるいは若すぎたかもしれません。でも僕はふとそう感じてしまうのです。この阿久正はひょっとして満洲に兵隊として送られて、シベリアに抑留されて帰ってきた人なんじゃないのかなと。そして読者に(少なくとも僕に)そのような印象を抱かせることで、この小説は小説としてひとつの大きな成功を収めているのではないかとも思うのです。

戦争の影を主人公に感じるとき、本の活字のあいだに非日常の匂いがふと漂います。そういうときに、この小説は装置とか枠組みとかを超えて、「何か訴えかけるもの」を自然発生的にふつふつと醸《かも》し出すのです。でも作者は主人公・阿久正の過去（戦争体験があるとかないとか）についてはまったく何も語っていません。おそらくそこがキモなのですね。語られなかったことによって何かが語られているという、ひとつの手応えのようなものがあります。優れた作家はいちばん大事なことは書かないものです。優れたパーカッショニストがいちばん大事な音は叩かないのと同じように。

そういう推論をどんどん先の方まで進めていくと、阿久正はカミュ的な意味で「失われた人間」なのだということになります。これはあくまでひとつの仮定なのですが、阿久正はひとりの青年としてシベリアの地で過酷な体験をし、その結果人格の一部を欠損し、アパセティックな（感覚を喪失した）状態で日本に戻ってくる。そして彼はどうしても平和な日常社会の中に復帰していくことができない。日本の戦後処理や、その構造的な矛盾をどうしても受け入れることができないでいる。うまく新しい制度にシフトすることができない。とりあえず生活してはいるのだが、「月夜の野ざらし」を誰かに着せてもらって、そのままどこかに消えてしまいたいような気持ちでいる。それがこの「阿久正の話」という作品のストラクチャーである――と。

とまあ、そういう風にすっぱりと割り切ってしまえると話は楽でいいのですけれど、長谷川四郎はカミュとは違うから、そう簡単にはいきません。そこまですんなりとした構図は、「阿久正の話」という小説全体の空気にどうしてもそぐわない。そんな図式をあてはめると、「じゃあこれは何なんだ?」という矛盾した箇所がいっぱい出てきます。このへんが長谷川四郎の困ったところであり、同時に楽しいところですね。結局のところさっきも言ったように、「こっちも動けば、あっちも動く」という融通無碍《むげ》な(否定的に言うなら、固定された視座を欠いた)姿勢で書かれているものだから、読者の方もそれを承知で読んでいくしかありません。そうしないと何がなんだかわからないということになってしまいます。

でもそれにもかかわらず、「阿久正の話」という作品には、作者の身体が発する抑えきれない硝煙の匂いがあります。それは理屈でもなく、理論でもなく、寓話でもなく、もっと生理的な、根元的なものです。彼はその匂いを、少なくともこの作品においてはということですが、戦後日本の日常の中に持ち込むことができています。小説的に細かく検証していくなら、ここにはいくつかの欠点は見受けられます。時間がなくてそのひとつひとつを具体的に取り上げることはできませんでしたが、お読みになっていただければある程度わかると思います。

しかしそれはそれとして、この作品には読者の心に残るいくつかの美点があります。僕の目から見たらということですが、長谷川四郎はこの作品の中で、戦争体験そのものを描かずに、戦争というものがもたらしたひとつの状況を、不思議に瑞々しく描いているのです。僕はそれをいちばん根本のところで評価するし、そのような大事な命題が後年の長谷川四郎の作品の系譜の中で更に深く、有効に追求されていかなかったことを、いささか惜しいと思うのです。

あとがき

いわゆる「第三の新人」グループを中心にした戦後日本文学の流れを、短編小説を中心に解読してみたいという希望は以前から漠然とはもっていたのだが、それぞれの作家の作品を系統的に読み込んだり、資料を集めたりするのが思ったより大変で、実現までにかなり時間がかかった。「まずはじめに」にも書いたように、実現にいたった直接のきっかけは、アメリカに何年か滞在して、そのあいだに大学でクラスをもったことである。とくにプリンストン大学の東洋学科の学部図書館には、各文芸誌のバックナンバーをはじめ、必要な資料・文献はだいたい揃っていたから（たいしたものだ）、時間をかけてじっくりと必要な本を読み込むことができた。ずっと日本にいたら、ここまで集中して「仕込みをする」のはむずかしかったかもしれない。

クラスでは毎週、みんなで短編小説をひとつ読んで、ああでもない、こうでもない、とわいわいがやがや討論をした。実作者として僕なりに学生たちにヒントを与えることができた場合もあったし、「なるほど。そういう考え方もあるんだ」と教えられることも多々あった。いずれにせよ多種多様な新鮮な意見が次から次へと出てきて、なかなか楽しかった。僕はこれまでだいたいひとりで静かに本を読んできたので、これはまったく新しい体験だった。

最初にプリンストン大学で、二度目にタフツ大学でこの授業（らしきもの）を行い、帰国してからは文藝春秋社で、この本を書きあげるために、それに似たディスカッションのようなものを一年間にわたって定期的に行った。文藝春秋社における出席者はそのたびに顔ぶれが違うが、基本的に手の空いた編集者やそれに準じたゲストが二三名参加した。その様子をテープにとり、それを僕が文章にまとめたものが、基本的にこの本の原稿になった。だから文章もしゃべり言葉になっている。

いずれの場合も、僕が主催者として参加者（学生）に要求したことが三つある。ひとつは何度も何度もテキストを読むこと。細部まで暗記するくらいに読み込むこと。もうひとつはそのテキストを好きになろうと精いっぱい努力すること（つまり冷笑的にならないように努めること）。最後に、本を読みながら頭に浮かんだ疑問点を、どんなに些細なこと、つまらないことでもいいから（むしろ些細なこと、つまらないことの方が望ましい）、こまめにリストアップしていくこと。そしてみんなの前でそれを口に出すのを恥ずかしがらないこと、である。この三つは、真剣に本を読み込むにあたって、僕自身が常日頃心がけているポイントでもある。

テキストとしてここに選ばれた作品は、どれも僕が以前から愛好してきた短編小説であって、だから毎回「僕はこの小説のどんなところが、どのように好きなのか。またそれはどうしてか？」という、いわば伝道師の信仰告白のような地点から話は始まることになった。僕は文芸批評家でもないし研究家でもないから、どうせやるのなら精神衛生のためにも、とにかく自分の好きなものだけを取り上げてやろうと思ったのだ。逆にいえば、素人の強みというか、「好きだからこそできた」という部分も大いにある。作者の前後の作品系譜をにらんで、その流れの方向性において、いささかの批判を含んでいるものもないではないが、しかし決してその作品自体を批判しているわけではない。基本的には全面的に支持している。

僕はいつも思うのだけれど、本の読み方というのは、人の生き方と同じである。この世界にひとつとして同じ人の生き方はなく、ひとつとして同じ本の読み方はない。それはある意味では孤独な厳しい作業でもある——生きることも、読むことも。でもその違いを含めた上で、あるいはその違いを含めるがゆえに、ある場合に僕らは、まわりにいる人々のうちの何人かと、とても奥深く理解しあうことができる。気に入った本について、思いを同じくする誰かと心ゆくまで語り合えることは、人生のもっとも大きな喜びのひとつである。とりわけ若いときはそうだ。皆さんにもおそらくそういう経験があるのではないだろうか。

もちろん文学にとって、的確な批判も大事なことである。しかし僕としては、気持ちの良い午後に、「そういえば、こんな素晴らしい本をこのあいだ読んだんだよ」と誰かに語りかけられることの、「そうだね、あれはほんとうに見事な小説だったね」と語り合えることの、単純で純粋な喜びの方をより大切にしたいと思う。僕自身、そういうものによって励まされ、ずっと小説を書き続けてきたのだから。

喜びをわかちあうこと――それも僕がこの本を書いた理由のひとつである。もしあなたがここに取り上げられた短編小説のどれかに興味を持って、実際にそれを手にとっていただけたとしたら、更に言えば、もし読んで気に入っていただけたとしたら、それに勝る喜びはない。

「まずはじめに」で遠藤周作氏と吉田健一氏の名前をあげたが、今回は結局この二人の作品は取り上げなかった。疑問に思われる方もいらっしゃるかもしれないが、遠藤氏の場合、短編小説にテキストとして適当なものが見あたらなかったからであり（やはりその本領は中編から長編小説にかけてあると思う）、吉田氏については準備不足で断念せざるを得なかった。いつか別の機会があればと思う。

この数年のあいだに残念ながら亡くなられた吉行淳之介氏、遠藤周作氏のご冥福を祈りたい。

付録の「読書の手引き」を制作してくれたのは文藝春秋出版部の村上和宏氏である。またこの企画全体に関して、同じく出版部の湯川豊氏、西山嘉樹氏にいろいろとお世話になった。深く感謝する。

一九九七年夏

村上春樹

付録　読書の手引き

この「手引き」は、各全集、また小学館『昭和文学全集』に集録された年譜を参考にして作成しました。またそれぞれの作家の書かれた自伝的なエッセイから適宜引用させていただきました。「手引き」の文責は文藝春秋出版局にあります。

吉行淳之介

吉行淳之介は、大正十三年（一九二四）に、岡山市に生まれた。父親は、「新興芸術派」を起こしたモダニズム作家・吉行エイスケ。母はいまも現役の美容家である吉行安久利《あぐり》。

〈二代目というと、私の場合においては当然文士の二代目ということになる。ところが、かなり大きくなるまで父親の正体が分らなかった。父親とは時折家に戻ってきて、わけも分らず怒鳴り、またいなくなる迷惑な存在であった〉（『軽薄のすすめ』）

大正十五年に一家は上京し、番町小学校から麻布中学に進む。

昭和十五年、中学校五年生の時、腸チフスで入院。入院中に父・エイスケが狭心症で急死した。

昭和十七年、旧制静岡高等学校に入学。文学に興味をもったのは、この頃からだった。しかし一方で、次第に軍国主義色が濃くなっていく高校生活に嫌気がさすようになった。

〈落第せずに無事に二年に進級したのだが、一か月ほど学校へ出ているうち、ある日不意になにもかにも厭になってしまった。軍事色一色に塗りつぶされかかっている学園の中で生活していることに耐えられなくなって、どこかへ引きこもって書籍を山ほど積み重ねて読みつづけてみたくなった〉（同）

医者を説得して「心臓脚気」との診断書を学校に提出し、まんまと休学に成功する。この時に、初めて小説を執筆した。

〈ものを書く才能が自分にあるのかもしれぬ、と私は考え始めた。高校休学中のことである。短い小説を四つほど書いてみて、つづいて百枚の小説を書いた〉（「私の文学放浪」）

昭和十九年、高校に復学するが、ほどなく召集を受けて岡山の連隊に入営。陸軍二等兵になるところだったが、気管支喘息と診断され三日後に除隊となる。

昭和二十年、東京帝国大学文学部英文科に入学。だが、勤労動員でろくに授業は行われない。しかも、五月二十五日の大空襲によって自宅は焼失した。

〈玄関のあたりには焼夷弾が落ち、家が燃えはじめた。……私は軍部を憎んでおり、戦争が負け、死んでしまう（この点だけは計算ちがいがあったが）とおもっていたので、実用的なものは一切持ち出さないことにした。家財の疎開も、まったくしていなかった。私はドビュッシーのピアノ曲集のレコード・アルバムと、ショパンのワルツ全曲のレコードを小脇にかかえた。……〉（『軽薄のすすめ』）

戦争は生き延びたが、戦後の混乱の中で、生活のために女学校の講師をする。同時に、戦後創刊された同人雑誌「世代」、「新思潮（第十四次）」に加わり、本格的に創作を発表し始めた。

昭和二十二年秋、アルバイトの記者として新太陽社に入り、「アンサーズ」、「モダン日本」といった娯楽雑誌の編集にあたる。編集者としての才能を高く評価され、後に大学を中退し社員となる。

この間、昭和二十五年、十返肇の勧めで書いた「薔薇販売人」が商業雑誌である「真実」

に掲載された。

〈処女作はなにか、と問われたときには、「薔薇販売人」と応えることにしている。この作品で、はじめて私は散文が書けたとおもった〉（「私の文学放浪」）

昭和二十六年に発表した「原色の街」（「世代」）、翌年の「谷間」（「三田文学」）、「ある脱出」（「群像」）が次々と芥川賞候補にあげられ、新人作家として注目される。一方、この頃、肺病が悪化し、雑誌社を休職。昭和二十八年には、小島信夫から紹介された千葉県佐原市の山野病院で三カ月の入院を余儀なくされた。

この当時について、小島信夫と庄野潤三がこんな思い出を語っている。

〈庄野　その佐原の病院に、僕は安岡と二人で見舞いに行ったことがある。そしたら、川を背にした病院で、病院という感じじゃなくて医院、医院の横に病室がくっついているという感じでね……。

小島　あの川は小野川といって、利根川から入ってくる川なんですよ。それで町をずっと流れて、そこに醸造元だとか、蔵が並んでいるのですね。そういう趣のある、風情のある川なんです。

庄野　そうだ。風情のある、いい川だった〉（「わが友吉行淳之介」「群像」一九九四年十月号）

退院後も病状は改善せず、同年十一月に、東京都下清瀬病院に入院。左肺の区域切除手術を受けた。手術は成功したが、その後も原因不明の高熱と喘息発作のため一年間退院できなかった。

昭和二十九年、「驟雨」が第三十一回芥川賞を受けるが、この知らせは、病院のベッドで受けとった。

〈その頃、私は清瀬病院に入院中だったが、八時消燈のあと一時間半ほどして、懐中電燈をもった看護婦が電話連絡を受けたと教えにきてくれた。……当時、私の容態はすこぶる悪く、受賞後およそ半年間は、なにも書かなかった〉（『軽薄のすすめ』）

しかし、この受賞が職業作家となることを決意させる。

〈もともと私は、職業作家になるつもりはなかったし、また、なれもしまい、とおもっていた……。しかし肺結核になって失職し、ベッドの上の生活を続けてゆくことになった私にとっては、米塩の資を得るためには原稿を書く以外に方法はなかった〉（「私の文学放浪」）

相変わらず健康のすぐれぬ中、翌三十年には、文芸雑誌に毎月のように短編を執筆。「水の畔り」は、この年書いた十三編のうちのひとつである。

その後も、喘息、アレルギーなどの病気を常に背負いながら、作品を書きつづけた。

昭和三十六年、『闇のなかの祝祭』（講談社）。三十九年、『砂の上の植物群』（文藝春秋新社）。昭和四十年、『不意の出来事』で新潮社文学賞、四十五年、『暗室』（講談社）で谷崎潤一郎賞、五十三年、『夕暮まで』（新潮社）で野間文芸賞を受賞。

純文学ばかりではなく、「すれすれ」（三十四年）、「夜の噂」（三十九年）などのエンタテインメントを週刊誌などに連載。さらに、「酔っぱらい読本」などのエッセイ、「恐怖対談」を始めとする対談の名手でもあった。

平成六年七月二十六日、肝臓癌のために七十歳で死去。

＊

『吉行淳之介全集』（新潮社、平成九〜十年）の第一巻に「水の畔り」は収録されています。また、『吉行淳之介全集　第一巻』（講談社、昭和五十八年）を図書館で借りてもよいでしょう。

また、集英社の電子書籍「集英社e文庫」の吉行淳之介『男と女の子』（平成十二年発行）にも収録されています。

小島信夫

小島信夫は大正四年（一九一五）二月、岐阜県加納町（現・岐阜市内）で生まれた。父・捨次郎は仏壇師。

岐阜市立白山小学校から岐阜県立岐阜中学校に進学。子どもの頃から、本を読むのは好きだった。

〈私は中学生のころ、菊池寛の「真珠夫人」のような作品を読み、そのストーリーももちろんだが、待合（?）の一室で貞操を失う場面がやきついて離れなかった。……私は講談本と大人の雑誌の小説しか読んだことがなかったのであるが、菊池寛の大衆ものの作品のこうしたところにひどくゆすぶられたが、同時に自分の中にあるさまざまの汚れが表現されている作品が、私の眼のつくところにないのに不満であったのではないかと思う〉（「文学と教育」）

昭和七年、中学を卒業したが、卒業式は欠席。というのは、子どもの頃からの吃音を治すために、大阪桃山にある矯正学院の寮に入り通院することになったためである。

高校進学を目指して、岐阜中学の補習科に通い、名古屋の兄の元で受験勉強をしたが、受験には二度失敗。純文学を読みはじめたのもこの頃のことで、受験雑誌の創作募集に応募などした。

〈私はその昔、それだけ能力もないのに、中学を卒業してからとつぜん思い立って第一高等学校を受けはじめ、三度めに漸くにして入った。私は「作文の実力涵養法」という文章を書いたり、はじめて小説を書いて受験雑誌に応募などしたが、嫌いな数学の勉強に大いに精力をつかった。おかげで私は入学後、数学を教えてアルバイトをして食うことにはことかかなかったし、その程度の数学なら、今でも解くことが出来る〉（「私の考える『新しさ』ということ」）

昭和十年に、晴れて第一高等学校文科甲類に入学。一高では、福永武彦、中村真一郎、加藤周一らとともに文芸部委員となり、「校友会誌」に、「爪」「鉄道事務所」などを発表。またボート部の選手もつとめた。

昭和十三年、東京帝国大学文学部英文科に入学。ほぼ同時に、結婚した。大学では、矢内原伊作、加藤周一らと、同人雑誌「崖」を発刊。短編を次々に発表した。昭和十六年に大学を卒業。卒論は「ヒューモリストとしてのサッカレイ」であった。〈英語も下手で、英文学そのものについての勉強も極めて不足していたので、評価は「乙の中」をもらった。貰いうけて戦後まで持っていたが、いつのまにか捨ててしまった〉（「小島信夫文学論集」あとがき）

卒業後、私立日本中学の英語教師となる。

昭和十七年、召集により岐阜の中部第四部隊へ入隊。すぐに中国に送られ、暗号兵としての訓練を受ける。

翌十八年から、中国各地で暗号兵として勤務。昭和十九年からは、北京の燕京大学内にあった情報部隊に転属した。

終戦は北京で迎え、戦後、復員まで部隊の渉外事務に従事。日本に帰ったのは、昭和二十一年三月だった。

郷里・岐阜に帰り、しばらく県庁に勤めた後、岐阜師範学校の教師となる。

〈その頃私は郷里にいて、みんなと同じように、芋や麦をこさえたり、闇米を買ったり、買出しに出かけたり、復員するとき着ていた兵隊服を売ったりして、瓦礫の中から、すさまじい勢で復興して行く街を眺めながら暮していた。生きのびたことは嬉しかったが、ワイザツでデタラメに見えた。人間の欲がむき出しであった。私は何ということなく、風刺小説を書きたいと思った〉（「現代と風刺文学」）

昭和二十三年、上京し、千葉県佐原女学校、翌年からは東京都立小石川高校に、英語教師として赴任。またこの頃、友人らと雑誌「同時代」を創刊。同誌や「草原」などを舞台に作品を次々に発表する。

昭和二十七年、「草原」に発表した「小銃」が、同人雑誌推薦作として「新潮」に転載され、注目される。この作品は、第二十八回芥川賞の候補となったが、落選。

翌年、「文學界」に掲載した「吃音学院」が、第三十回芥川賞候補となるが、これも受賞を逃す。

昭和二十九年、小石川高校を辞めて、明治大学工学部の教師となる。

同年「星」、「殉教」が三度目の芥川賞候補となるが、選にもれる。度重なる落選に、「ひとさわがせな、候補になど上げてくれるな」と抗議する一幕もあった。

ここで取り上げた「馬」は、この年発表した「家」（「近代文学」）、「馬」（「文藝」）の連作をまとめたものであり、「馬または政治」と改題され、さらに「馬」となった。
昭和三十年、前年発表した「アメリカン・スクール」により第三十二回芥川賞を受賞。その受賞の言葉より……。
〈受賞のことばというものはムツカしい。私は原稿用紙を反古《ほご》にすることは、めつたにないが、私はこれで七回書き直した。何を書いても真実のことが云えない。私は真実のことを云つていると、自信をもつて小説を書いてきたわけではないが、それにしても、こんなに苦労することは初めてだ。……〉（「文藝春秋」昭和三十年三月号）
昭和三十二年、『愛の完結』（講談社）、四十年、『抱擁家族』（講談社・谷崎潤一郎賞受賞）、四十七年、評論『私の作家評伝』（新潮社）、五十七年、『別れる理由』（講談社・野間文芸賞受賞）、六十一年『菅野満子の手紙』（集英社）などの作品がある。

＊

「馬」は、
『昭和文学全集　第二十一巻　小島信夫・庄野潤三・遠藤周作・阿川弘之』（小学館、昭和六十二年）
講談社文芸文庫『戦後短篇小説再発見10　表現の冒険』（平成十四年）
に収録されています。
または

『小島信夫全集　第四巻』（講談社、昭和四十六年）を図書館で借りてもいいでしょう。

電子書籍「新潮オンラインブックス」の小島信夫『アメリカン・スクール』にも収録されています。

安岡章太郎

安岡章太郎は大正九年（一九二〇）五月、高知県帯屋町の病院で生まれた。陸軍獣医である父はしばしば任地が変わり、それにともなって千葉県国府台、善通寺、市川などを転々とする。

大正十四年、朝鮮の京城（現在のソウル）に渡る。

〈僕らのいた頃の京城は、人口はたぶん五十万ぐらい、小さいながら良くまとまって、ハイカラな感じの街だった。……僕らが住んでいたのは、本町（いまの忠武路）という目抜き通りの直ぐ裏手で、おもての通りには三越だの銀座の亀屋の支店だのが並んでいた。……しかし、このなかで朝鮮人のやっている店が一軒でもあっただろうか〉（「僕の昭和史」）

昭和四年、青森県弘前市に転居。

〈困ったのは言葉がつうじないことだ。いまではテレビが、青森出身の流行歌手の津軽弁のコマーシャルを流したりして、東北弁もいわば〝市民権〟を獲得したかたちであるが、当時の東北方言は現在のようなものではなかった。それは、まさしく外国語であった〉（同）

昭和六年三月、東京にもどり、受験校であった青南小学校へ転入。受験勉強一辺倒の教育に嫌気がさす。

〈いまでいえば登校拒否児童ということになるのだろうが、僕は必ずしも登校そのものを拒否したわけではない。とにかく毎日、ランドセルに本やノートや弁当を詰めこんで、家を出て学校へいくフリだけはする。そして（青山）墓地にいって一人で勉強する気にはなっていた。ただ墓地にはヤブ蚊が多く、勉強をするひまもないうちに時間がたって結局、一人で弁当だけ食べて家に帰ることになる〉（同）

昭和八年、東京市立第一中学校（現・九段高校）に入学。

〈小学校の受験勉強でしめ上げられていた反動で、中学に入るとタガがゆるんで怠けたため、たちまち五十人中、五十番か四十九番の成績に落ち、以後卒業するまでビリから十番以上に上がったことはなかった〉（同）

そのかわり映画に熱中し、またそれが縁で、原作の文芸書にも親しむようになった。この当時は、将来シナリオライターになることを夢見ていた。

昭和十三年、中学卒業。松山高校を受験するが、失敗。翌年は高知高校を受験するが失敗。〈僕の落第が何よりも学力不足に由来していたことは、言うまでもない。……小学校五年のときズル休みを重ねながら、二箇月足らず勉強して級友の学力に追いついた経験から、浪人一年すれば十分人並みの学力がつくものと計算していたのである。しかし、高校受験は中学のように簡単には行かず、城北高等補習学校というのに一年間かよっても、大した効果は上がらなかった〉（同）

昭和十五年には、山形高等学校を受験するが失敗。第二志望の早稲田高等学院も落ちた。

この頃、予備校で知り合った古山高麗雄らと、回覧雑誌「風亭園倶楽部（ふうてん・くらぶ）」をつくり、短編小説と随筆を掲載する。

昭和十六年、慶応大学文学部予科に合格。だが、大学にはろくに通わず、一学期の期末試験を失格になると、図書館にこもって小説を執筆する。慶応の級友らと、同人雑誌「青年の構想」を創刊し、「首斬りの話」を載せた。

昭和十八年、徴兵検査で甲種合格。

翌三月、東部第六部隊に入営したが、一週間後には満洲に移動となり訓練を受ける。八月、レイテ島出動の前々日、高熱を発して入院。肋膜炎の診断で、二十年三月、内地送還となり、七月に現役免除、除隊となった。

終戦後も体調は回復せず、カリエスと診断される。その中で、GHQの掃除夫、障子紙のヤミ屋、占領軍に接収された家屋のハウスキーパーなどをして生活する。

昭和二十三年、大学を一応卒業。

〈満で二十八歳になろうとしていた。こんなに卒業が遅れたのは戦争のおかげだと言いたいところだが、じつのところ僕が卒業できたのは戦争と敗戦直後の混乱のためであった。もしマトモな世の中であれば、僕のような学生が到底卒業まで学校にいられるわけがない〉(同)

病状は悪化し、ほとんど寝たきりという生活が続いたが、その中で小説を書きはじめる。

〈腹這いになって胸にマクラをあて、枕元の原稿用紙に向って書くのだが、そんな姿勢は苦しいのでほんの一、二行書いては、仰向けになって休まなければならなかった。……そんな風にして僕は、昭和二十四年の秋から翌年の初夏へかけて、ノートや原稿用紙になにかを書きつづけることに没頭した〉(同)

こうして執筆した「ガラスの靴」は、北原武夫の推薦を受け昭和二十六年「三田文学」に掲載され、芥川賞候補となる。

翌二十七年から、「文學界」「新潮」「群像」など文芸雑誌に作品を次々に発表。昭和二十八年に、「悪い仲間」「陰気な愉しみ」の二作で第二十九回芥川賞を受賞。

〈いまと違い、当時の芥川賞は、新聞の片隅にほんの二、三行報じられるだけで、テレビやラジオがインタビューにやってくるなどということは全然なかった。たしか候補にあげられたとき、どこかの新聞社が大きなカメラを持って大森の下宿にやってきて、家主のバアさんを驚かせたくらいのものだ。バアさんは新聞記者がカメラマンを連れてきたというので、僕が何か悪事を働いたものと勘違いをしていた〉(同)

昭和二十九年、結婚。この頃、カリエスが治癒し、ようやくコルセットをはずすことができた。

昭和三十三年、『遁走』(講談社)。三十五年、『海辺の光景』(講談社)によって野間文芸賞受賞。三十八年、『質屋の女房』(新潮社)。

昭和四十二年、『幕が下りてから』(講談社)で、毎日出版文化賞を受賞。五十四年、『放屁抄』(岩波書店)。五十六年、『流離譚』(新潮社・日本文学大賞受賞)。

また、『犬をえらばば』(昭和四十四年・新潮社)、『なまけものの思想』(昭和四十八年・角川書店)、『犬と歩けば』(昭和五十六年・読売新聞社)、『果てもない道中記』(平成七年・講談社)などのエッセイも数多い。

＊

『ガラスの靴・悪い仲間』（講談社文芸文庫、平成元年）
『質屋の女房』（新潮文庫、昭和四十一年）
『昭和文学全集　第二十巻　梅崎春生・島尾敏雄・安岡章太郎・吉行淳之介』（小学館、昭和六十二年）
などが入手可能のようです。また、
『新潮現代文学　三十八　安岡章太郎』（新潮社、昭和五十五年）
『安岡章太郎全集　第三巻』（講談社、昭和四十六年）
『安岡章太郎集　第一巻』（岩波書店、昭和六十一年）
の中に収録されており、図書館で借りられると思います。

庄野潤三

庄野潤三は、大正十年（一九二一）二月、大阪府東成郡住吉村（現在の住吉区帝塚山）に生まれた。父・貞一は帝塚山学院を創立した教育者で、学院の校長を務めていた。次兄に、「星の牧場」などの作品で知られる児童文学者・庄野英二がいる。

昭和二年、帝塚山学院小学部に入学。

〈子供のころ、私の家に菊池寛の編集した『小学生全集』があった。……私はこれで日本の源氏と平家の歴史物語だとか、『クオレ』とか『ピーター・パン』というような西洋の文学を読んだ〉（「私の古典」）

昭和八年に大阪府立住吉中学校に入学。国語の先生をしていた日本浪曼派の詩人、伊東静雄に出会う。

〈私が大阪の住吉中学で伊東先生に教わったのは、一年生の時であった。その時、私は先生が『偉い詩人』だという評判を、まだ知らずにいた。『乞食』という渾名《あだな》で、背が小さく、身体は痩せていて、頭が稍々大きく、いつも黒い服を着ていて、チョークの箱と出席簿を脇にかかえてつまらなそうに、しかし眼だけきらきらっ、と光らせて廊下を歩いて居られる姿が印象的であった〉（「伊東先生」）

昭和十四年、大阪外国語学校の英語部に入学。この頃から、文学に興味を覚える。

〈私たちは一年生のとき、上田（畊甫《こうほ》）先生の授業で『現代英国随筆選』を教科書にして、イギリス現代の代表的なエッセイストの随筆を読んだ。そのいちばん最初に載っていたのが……ガーディナーの'A Fellow Traveller'という随筆である。これがよかった。……イギリスの文学にはこんな面白いものがあるのかと、私は思った。こういうふうなものを書くことが出来たらいいのにと、はっきりと意識はしなくても、このガーディナーの随筆が、のちに文学の道を歩むことになる私に何らかの影響を及ぼしたというふうに考えてもいいかも知れない〉（『文学交友録』）

昭和十六年、改めて伊東静雄を訪ねる。

〈私が初めて伊東先生の家へ遊びにいったのは、中学を卒業して二年たってから——昭和十六年の三月であった。或る日、私は本屋で「現代詩集」という、立派な造本の三巻の詩集を見つけた。何気なしにその表紙をみると、萩原朔太郎や三好達治といった高名な詩人と並んで、思いがけず、伊東静雄の名前が第二巻に出ていた。……それから一週間もたたないうちに、私は学校の帰りの電車の中で、伊東先生にあった。「先生のお家へ伺ってもいいですか」と聞くと、先生は「どうぞ」といって、道順をくわしく教えてくれた〉（「伊東静雄の手紙」）

その後、伊東に師事し、その交流は、伊東が昭和二十八年に亡くなるまで絶えることなく続いた。

昭和十七年、九州帝国大学法文学部東洋史科に入学し、福岡に下宿する。一級上にいた島尾敏雄と知り合う。その島尾が海軍航空予備学生に志願して福岡を去るまでの交友を描いたのが、初めての小説「雪・ほたる」である。この作品は後に伊東静雄の推薦で、雑誌「まほろば」昭和十九年三月号に掲載され、佐藤春夫から好意的な評価を受けた。

　昭和十八年十一月、徴兵検査で甲種合格。

〈私は昭和十八年の十二月に海軍に入隊した。学徒出陣といわれた時で、それから一年間、予備学生の教育を受けて少尉に任官した。赴任先は比島の航空隊で、二十年一月に九州の佐世保に集まったが、マッカーサーの上陸作戦が始まったため、行けなくなった〉（「私の戦争文学」）

　本土決戦にそなえ、千葉県館山、伊豆などで砲台建設にあたりながら、終戦を迎える。

　昭和二十年、復員するとすぐに、大阪府立今宮中学に歴史の教師として勤めた。そこで野球部の部長を引き受けたことが、同校ＯＢで野球好きの作家・藤沢桓夫と親しくなるきっかけとなった。

　昭和二十一年、島尾敏雄、林富士馬らと同人雑誌「光耀」を創刊。小説を発表する。だが、この雑誌は、経済的に行き詰まり三号で休刊となる。

　その後、藤沢桓夫の主宰する「文学雑誌」などを中心に、短編を次々と発表。二十四年、「新文学」に発表した「愛撫」が注目され、「群像」から原稿を依頼される。翌年「舞踏」を「群像」に発表。

　昭和二十六年、朝日放送に入社。文芸教養番組の制作を担当する。同じ職場にいた阪田寛夫と知り合う。

〈朝日放送時代には、私の担当している番組に掌小説といって七枚の短篇を書いてもらって朗読するのがあった。この番組で吉行（淳之介）に何度も書いてもらうようになった。吉行より少し遅れて知り合った安岡（章太郎）にも書いてもらった。私よりも早く東京へ出た島尾敏雄にも書いてもらった〉（『文学交友録』）

昭和二十八年、「喪服」（「近代文学」）と「恋文」（「文藝」）が芥川賞候補となる。またこの年、朝日放送東京支社に転勤となり、石神井に移り住む。東京に出ることで、井伏鱒二、河上徹太郎などを知る。

昭和三十年、「プールサイド小景」が、第三十二回芥川賞を受賞。

〈芥川賞のお祝いの会が中野の「ほととぎす」で開かれた。このときも井伏さんは出席して下さった。佐藤春夫先生とともに祝辞を述べて下さった。三十年の八月に私はそれまで勤めていた朝日放送を退社して、文筆生活に入った〉（同）

昭和三十二年、ロックフェラー財団の招きでオハイオ州ガンビアに一年間滞在する。

この時の体験を踏まえ、三十四年、『ガンビア滞在記』（中央公論社）を刊行。

昭和三十五年、「静物」を「群像」に発表。

昭和四十年、『夕べの雲』（講談社、読売文学賞）。四十五年、『紺野機業場』（講談社）によって芸術選奨受賞。四十六年、『絵合せ』（講談社）。四十七年、書下し『明夫と良二』（岩波書店）が毎日出版文化賞を受賞。

昭和五十九年、『陽気なクラウン・オフィス・ロウ』（文藝春秋）、平成六年、『さくらんぼジャム』（同）など。

＊

「静物」は、
『プールサイド小景・静物』（新潮文庫、昭和三十九年）
『昭和文学全集　第二十一巻　小島信夫・庄野潤三・遠藤周作・阿川弘之』（小学館、昭和六十二年）
に収録されています。また、
『庄野潤三全集　第三巻』（講談社、昭和四十八年）
を図書館でご覧になるのもいいでしょう。

丸谷才一

丸谷才一は、大正十四年（一九二五）八月、山形県鶴岡市に生まれる。父・熊次郎は、鶴岡の開業医。

鶴岡市立朝暘第一尋常小学校から山形県立鶴岡中学校に進学。

〈わたしは中学生になつて、何か束縛が解かれたやうな気持になり、大つぴらに濫読をはじめた。大した小遣銭ではないから、買へる本はたかが知れてゐて、新刊本はまづ文庫本だけ。……〉（「岩波文庫の思ひ出」『男ごころ』）

萩原朔太郎の詩に陶酔したのもこのころ。すでに当時から、小説家をめざしていたという。ただ……、

〈僕は少年の頃から小説家になりたいと思っていたんですが、その頃に読んだ日本の小説、殊に志賀直哉の『和解』や『或る男、其姉の死』といった小説はちっとも面白くなかった。しかしあれが日本文学の主流だっていうことは分かってた。だから僕は、純文学に対する無関係さがものを書くときの最初からずっとある〉（「座談会　新人であるということ」「文藝春秋」平成七年九月号）

昭和十八年、中学を卒業すると上京し、高校受験のため城北予備校に通う。

昭和十九年、旧制新潟高等学校文科乙類に入学したが、翌二十年三月には学徒動員により

山形県の連隊に入営。本土決戦にそなえた陣地作りにかり出される。〈八戸市から六戸村まで、深夜、どしゃ降りの雨の中を行軍。六戸では民家に分宿してひたすら穴掘りをさせられた。米軍の上陸にそなえて、「みせかけの砦」をつくるという作戦だったらしい〉（「ゴシップ的年譜」『丸谷才一　不思議な文学史を生きる』）

九月、敗戦により、新潟高校に復学した。

昭和二十二年、東京大学文学部英文科に入学。二十五年、卒論「ジェイムズ・ジョイス」を提出し大学を卒業。大学院修士課程に入学した。

昭和二十七年、篠田一士、菅野昭正、川村二郎らと、同人雑誌「秩序」を創刊し、長編小説「エホバの顔を避けて」を連載した。

昭和二十八年、国学院大学講師となる（翌年、助教授に就任）。この頃から、ナサニエル・ウェスト、グレアム・グリーンなどの作品を次々と翻訳する。

昭和三十七年には小説「彼方へ」を「文藝」に発表。翌年には、福永武彦、中村真一郎と共に、探偵小説の評論集『深夜の散歩』を刊行。また三十九年からは永川玲二、高松雄一との共訳でジェイムズ・ジョイス『ユリシーズ』（河出書房新社）を刊行する。

昭和四十年、創作に専念するため国学院大学を退職。

〈生活の当てはなかった。八月末、夫人に『今月の収入は？』ときいたら『五千円』という返事。これは古本屋が来て置いていった金だった〉（同）

そんなこともあって、「週刊女性」にエッセイ「女性対男性」の連載を始める。ユーモアと学識にとんだエッセイは、のちに丸谷氏の「営業品目」のひとつとなった。

昭和四十一年、長編書下し『笹まくら』(河出書房新社)を刊行。

〈ほんとうに嬉しいってときがあるものでしょう。ぼくの場合は、ふり返ってみて、『笹まくら』を書きあげたとき。あれが書けて、とにかく嬉しかった。あんなに嬉しかったのは、ほかには戦争が終わったときかなあ〉(同)

昭和四十二年、中編「にぎやかな街で」(「文藝」)。昭和四十三年、短編「年の残り」(「文學界」)。この作品によって、第五十九回芥川賞を受賞した。

〈受賞直後に山の上ホテルで仕事をしていたら、中野好夫先生にばったりお目にかかったんですね。すると先生から「あんたのお祝いの会しないのかいな」とご下問があった。「先生、そんな場合じゃありませんよ。四十過ぎてから芥川賞なんてみっともなくって」と言ったら、中野先生、呵々大笑して、「それもそうやなあ」とおっしゃった(笑)。どうも四十過ぎた新人というのは、非常に肩身の狭い感じがある〉(「座談会　新人であるということ」)

昭和四十七年、長編書下し『たった一人の反乱』(講談社)で谷崎潤一郎賞を受賞。四十九年、評論『後鳥羽院』(筑摩書房)で読売文学賞受賞。四十九年、中編「横しぐれ」(「群像」)。

昭和五十七年、長編書下し『裏声で歌へ君が代』(新潮社)を刊行。六十一年、『忠臣藏とは何か』(講談社)で、野間文芸賞受賞。

昭和六十二年、「樹影譚」(「群像」)。

〈『樹影譚』はようするにぼくが夢のなかで見たのかもしれないストーリーとは別のストーリーを創るという話ですよね。だから結局人間と物語の筋との関係みたいな話があって、その底に、ある人間がいまここにいるのは、存在しているのはなぜなのかという問がある話でしょう。それをうんとボルヘスふうに考えてみれば、ある人間がここに存在しているのは、誰かがそういうストーリーを創ったからで、いったいそれは誰なのか、という話です〉（『不思議な文学史を生きる』）

平成五年、十年ぶりの長編書下し『女ざかり』（文藝春秋）刊行。平成十五年『輝く日の宮』（講談社）。

その他、エッセイ、対談集、歌仙、評論など、作品は数多い。

＊

「樹影譚」は、『樹影譚』（文春文庫、平成三年）で読むことができます。

長谷川四郎

長谷川四郎は、明治四十二年、北海道函館市（当時は北海道函館区）で生まれた。父・長谷川淑夫は北海道新聞主筆もつとめた言論人で（その論説が当局の忌避に触れ、この頃、一時刑務所に入れられていた）、後に函館新聞社長。

長兄の海太郎は、またの名、牧逸馬、林不忘、谷譲次。『テキサス無宿』『踊る地平線』『この太陽』などの作品で知られる大衆作家である。

〈この長兄の影響は……私にたいしてそうとう大きかったと言わねばならない。長兄は親父から片道の旅費だけ貰ってアメリカへ行って、アメリカで働きながら大学で学ぶと称していたが、やがて大学のほうはほったらかしにして、いろんな雑役に従事し、弟たちにも、上級の学校へいかないで、実地に働けとそそのかしてきた〉（『文学的回想』）

大正五年、函館区立弥生尋常高等小学校に入学。

大正十一年、北海道庁立函館中学校に入学。大正十五年に十七歳で中学を卒業すると、単身東京に出た。

二年間の浪人の後、昭和三年に立教大学予科に入学。昭和七年には、立教大学史学科に進むが、数カ月で自然退学し、翌年、法政大学のドイツ文学科に入学する。すでにこの頃から、学内の雑誌に翻訳や詩、小説を発表していた。

昭和十一年、大学を卒業し、翌年南満洲鉄道に入社、大連に渡る。
〈満鉄調査部入りがきまったのは大川周明とその友人の満川亀太郎とわりと近しかった私の父親が、よし、おれが大川周明にたのんでみようと言い、これが効を奏し、大川周明が口をきいてくれたからである〉(同)
昭和十七年、満鉄を辞め、満洲国協和会調査部に入り、内蒙古の調査にあたる。またロシアの作家、アルセーニエフのシベリア探検記「デルスウ・ウザーラ」を翻訳する。
昭和十九年、陸軍に召集され、ソ連満洲国境の監視哨勤務につく。
〈軍隊で私は望遠鏡で敵状をしらべる兵隊をやらされていて、この任務を「敵の方へ逃げてゆくルートしらべ」に利用していた。しかし逃げることはしなかった。なんとしてもその決断がつかなかった。或いは、逃げる前に、敵につかまってしまった〉(同)
昭和二十年八月、ソ連軍の侵攻で関東軍は総崩れとなる。
〈満州里は……国境の町で、すぐお隣りはソビエトの町だった。ここでソビエト軍の攻撃をうけ、私は逃げて興安嶺を越え、けっきょくは博克図（ブハト）でまたもや日本軍の大隊に収容されて、ここでソビエト軍の戦車部隊を「迎え討つ」ことになって、敵の到来を待っていた。……ソ軍戦車部隊はむこうの山かげまで来ていて、こちらは決戦態勢の配置についたが、その時、〈戦争を始めたのは内閣、終戦を決めたのは天皇〉で、玉音放送があり、ラジオに耳をぴたり当ててこれを聞いたわが大隊長は、決戦態勢を解くことを決心したので、おかげで私は命拾いをした〉(同)
その後、シベリア各地の収容所を転々とする抑留生活を送り、石炭掘り、線路工夫、煉瓦

作りといったさまざまな労働に従事させられる。昭和二十五年になってようやく日本に帰国することができたが、

〈シベリヤから帰ってしばらくは食うにこまった。安定所へ二度ほど通ったが要領を得なかった。ザバイカルのチタの保線区に私はしばらく働かされたことがあり、線路工夫ならすぐにもやれるような気がしていた〉(同)

苦しい生活の中、フランスの作家、ジョルジュ・デュアメルの大長編小説「パスキエ家の記録」(全十巻・みすず書房)の翻訳を始める。

またシベリアでの体験を踏まえた「シベリヤ物語」(二十六年)、「鶴」(二十七年)、「脱走兵」(同)などを「近代文学」に次々に発表。

昭和二十八年、法政大学のドイツ語講師となる。

昭和三十年、『阿久正の話』(河出書房)を刊行。

〈私は資本主義社会における勤労者としての会社員の生活に、かげながらそれ相応の関心を抱いているつもりだ。……阿久正は阿Q正伝から思いついた名前で、たんなる思いつきにとどまるが、あえて言えば、両者共に「しがない」という点だけが共通しているだろう。阿Qが辛亥革命当時における中国農村のしがない一貧農だったとすれば、阿久正は戦後の〈民主化〉された日本がいよいよ高度成長をとげんとするころの、しがない一会社員なのである〉(同)

その後も、小説を、詩を、戯曲を書き、絵を描き、ブレヒトやロルカを訳し、ドイツ、ソビエト、キューバを訪れ、アジア・アフリカ作家会議に参加し……、と多彩で精力的な活動

を続けた。

昭和五十六年、脳梗塞に倒れ長く療養生活を送っていたが、昭和六十二年、七十七歳で死去。

他の作品に、『鶴』（昭和二十八年・みすず書房）、『ベルリン物語』（昭和三十六年・勁草書房）、『ダンダン――海に落ちた話』（昭和四十七年・筑摩書房）など。

＊

「阿久正の話」は、次の本に収録されています。

『ちくま日本文学全集　第四十六巻　長谷川四郎』（筑摩書房、平成四年）

『阿久正の話』（講談社文芸文庫、平成三年）

『長谷川四郎全集　第三巻』（晶文社、昭和五十一年）

初出　「本の話」（文藝春秋刊）
一九九六年一月号から一九九七年二月号まで連載
単行本　一九九七年　文藝春秋刊

文春文庫

若《わか》い読者《どくしゃ》のための短編《たんぺん》小説《しようせつ》案内《あんない》

定価はカバーに表示してあります

2004年10月10日　第1刷
2023年6月25日　第14刷

著　者　村《むら》上《かみ》春《はる》樹《き》
発行者　大沼貴之
発行所　株式会社 文藝春秋

東京都千代田区紀尾井町 3-23　〒102-8008
TEL 03・3265・1211㈹
文藝春秋ホームページ　http://www.bunshun.co.jp

落丁、乱丁本は、お手数ですが小社製作部宛お送り下さい。送料小社負担でお取替致します。

印刷・凸版印刷　製本・加藤製本
Printed in Japan
ISBN978-4-16-750207-2

（　）内は解説者。品切の節はご容赦下さい。

村上春樹
TVピープル
「TVピープルが僕の部屋にやってきたのは日曜日の夕方だった」。得体の知れないものが迫る恐怖を現実と非現実の間に見事に描く。他に「加納クレタ」「ゾンビ」「眠り」など全六篇を収録。

む-5-2

村上春樹
レキシントンの幽霊
古い館で「僕」が見たもの、いや、見なかったものは何だったのか？　表題作の他「氷男」「緑色の獣」「七番目の男」など全七篇を収録。不思議で楽しく、底無しの怖さを感じさせる短篇集。

む-5-3

村上春樹
約束された場所で
underground 2
癒しを求めた彼らが、なぜ救いのない無差別殺人に行き着いたのか。オウム信者、元信者へのインタビューと河合隼雄氏との対話によって、現代の心の闇を明らかにするノンフィクション。
む-5-4

村上春樹
シドニー！
①コアラ純情篇
②ワラビー熱血篇
走る作家の極私的オリンピック体験記。二〇〇〇年九月、興奮と熱狂のダウンアンダー（南半球）で、アスリートたちとともに過ごした二十三日間——そのあれこれがぎっしり詰まった二冊。

む-5-5

村上春樹
若い読者のための短編小説案内
戦後日本の代表的な六短編を、村上春樹さんが全く新しい視点から読み解く。自らの創作の秘訣も明かしながら論じる刺激いっぱいの読書案内。「小説って、こんなに面白く読めるんだ！」

む-5-7

村上春樹・吉本由美・都築響一
東京するめクラブ　地球のはぐれ方
村上隊長を先頭に、好奇心の赴くまま「ちょっと変な」所を見てまわった、トラベルエッセイ。挑んだのは魔都・名古屋、誰も知らない江の島、ゆる〜いハワイ、最果てのサハリン……。
む-5-8

村上春樹
意味がなければスイングはない
待望の、著者初の本格的音楽エッセイ。シューベルトのピアノ・ソナタからジャズの巨星にJポップまで、磨き抜かれた達意の文章で、しかもあふれるばかりの愛情をもって語り尽くされる。

む-5-9

（　）内は解説者。品切の節はご容赦下さい。

村上春樹
走ることについて語るときに僕の語ること

八二年に専業作家になったとき、心を決めて路上を走り始めた。走ることは彼の生き方・小説をどのように変えてきたか？　村上春樹が自身について真正面から綴った必読のメモワール。

む-5-10

村上春樹
パン屋再襲撃

彼女は断言した、「もう一度パン屋を襲うのよ」。学生時代にパン屋を襲撃したあの夜以来、かけられた呪いをとくために。〝ねじまき鳥〟の原型となった作品を含む、初期の傑作短篇集。

む-5-11

村上春樹
夢を見るために毎朝僕は目覚めるのです
村上春樹インタビュー集1997-2011

1997年から2011年までに受けた内外の長短インタビュー19本。作家になったきっかけや作品誕生の秘密について。寡黙な作家というイメージを破り、徹底的に誠実に語りつくす。

む-5-12

村上春樹
色彩を持たない多崎つくると、彼の巡礼の年

多崎つくるは駅をつくるのが仕事。十六年前、親友四人から理由も告げられず絶縁された彼は、恋人に促され、真相を探るべく一歩を踏み出す——全米第一位に輝いたベストセラー。

む-5-13

村上春樹
女のいない男たち

六人の男たちは何を失い、何を残されたのか？　「ドライブ・マイ・カー」「イエスタデイ」「独立器官」など全六篇。見慣れたはずのこの世界に潜む秘密を探る、めくるめく短篇集。

む-5-14

村上春樹
ラオスにいったい何があるというんですか？
紀行文集

ボストンの小径とボールパーク、アイスランドの自然、フィンランドの不思議なバー、ラオスの早朝の僧侶たち、そして熊本の町と人びと——旅の魅力を描き尽くす、待望の紀行文集。

む-5-15

ティム・オブライエン
村上春樹　訳
ニュークリア・エイジ

ヴェトナム戦争、テロル、反戦運動……我々は何を失い、何を得たのか？　六〇年代の夢と挫折を背負いつつ、核の時代の生を問う、いま最も注目される作家のパワフルな傑作長篇小説。

む-5-30